{ 爱上阅读·中小学生晨读精品选 }

高长梅　许高英　主编

攀在树
Pan zai shu

方华 著

上的童年
shang De tong nian

九州出版社 JIUZHOUPRESS | 全国百佳图书出版单位

图书在版编目（CIP）数据

攀在树上的童年 / 方华著. -- 北京：九州出版社,2014.10
(2021.7 重印)

（爱上阅读：中小学生晨读精品选 / 高长梅，许高英主编）
ISBN 978-7-5108-2846-1

Ⅰ.①攀… Ⅱ.①方… Ⅲ.①阅读课 – 中小学 – 课外读物
Ⅳ.①G634.333

中国版本图书馆CIP数据核字（2014）第254293号

攀在树上的童年

作　者	方 华 著
出版发行	九州出版社
地　址	北京市西城区阜外大街甲35号（100037）
发行电话	（010）68992190/3/5/6
网　址	www.jiuzhoupress.com
电子信箱	jiuzhou@jiuzhoupress.com
印　刷	北京一鑫印务有限责任公司
开　本	720毫米×1000毫米　16开
印　张	9.5
字　数	155千字
版　次	2015年5月第1版
印　次	2021年7月第5次印刷
书　号	ISBN 978-7-5108-2846-1
定　价	36.00元

阅读随想（代序）

爱上阅读。阅读能使我们进一步获取智慧,获取解决问题的方法与能力。

微信中,有一篇叫《读书的十大好处》的文章流传颇广。它概括的所谓十大好处独树一帜:1. 养静气,去躁气;2. 养雅气,去俗气;3. 养才气,去迂气;4. 养朝气,去暮气;5. 养锐气,去惰气;6. 养大气,去小气;7. 养正气,去邪气;8. 养胆气,去怯气;9. 养和气,去霸气;10. 养运气,去晦气。

微信中,还有一篇文章也被大量转发,叫《读书是最好的美容》。文章认为,"人通过读书,在幽幽书香潜移默化的熏陶下,浊俗可以变为清雅,奢华可以变为淡泊,促狭可以变为开阔,偏激可以变为平和"。的确,打开书,便打开了一扇面对世界的窗口,你读天,无际的长天予你灵性;你读地,宽厚的大地赠你理性。打开书,便打开了一面审视生命的镜子,那扑面而来的真善美令人陶醉。

还是微信中的一篇文章,叫《通过阅读解决自己的困惑》。文章认为,阅读不能仅仅是小清新、轻口味、品时尚的浅阅读,有时还得"重口味"。阅读即要脚踏实地,要观看现实,了解人类文化的百态,知识的种种。但是只看"大地"那是不够的,还需要仰望星空,还要读读诸如《论语》、

《庄子》之类的书,以加深我们对人性的理解且不丧失对智慧的信心。

再引用著名作家王蒙先生2013年9月发表在《人民日报》上的《"攻读"的日子哪里去了》中的一段话:离开了阅读,只有浏览与便捷舒适的扫描,以微博代替书籍,以段子代替文章,以传播代替学识,以表演代替讲解,将会逐渐使人们精神懒惰,习惯于平面地、肤浅地接受数量巨大、获得廉价、包含着大量垃圾赝品毒素的所谓信息,丧失研读能力、切磋能力、求真求深的使命与勇气,以至连讨论追究的习惯也不见了,苦思冥想的能力与乐趣也没有了,连智力游戏的水准也降到幼儿级别以下了。这样下去,我们会空心化、浅薄化与白痴化,我们的宝贵的头脑的皱褶将渐渐平滑,我们的"灵"的思辨思维功能将渐渐萎缩,而我们的大脑将只剩下海量获得八卦式的信息然后平面地记忆下来、转销出去的"肉"的能力。

杨绛说得更好:读书正是为了遇见更好的自己。读书到了最后,是为了让我们更宽容地去理解这个世界有多复杂。

爱上阅读。阅读提升我们的素养,阅读最终将改变我们的人生。

第一辑 纯真年代

第二辑 闲散时光

第三辑 温情岁月

第四辑 **诗意人生**

第一辑

纯真年代

歌声里,童年是随着那只蝴蝶越飞越远了。只是不知,故乡里那一棵棵给我欢乐的身姿是否依然健壮葱茏,那上面,是否还攀附着一个个小小快乐的童年?

攀在树上的童年

　　小小的身子在高高的枝叶间，随着风的舞动而弹跳，当细长的树枝快要承受不住一个童年的重量时，我终于在小伙伴们的一片惊呼声中，得意地取下那只筑在树梢头上的鸟窝。

　　"这伢子很皮。"这是大人们在得知我的一次次树上历险后，给我的童年下的一个评语。可他们不知道，房前屋后、村里庄外、田间坡头，那一棵棵或高大，或粗壮，或繁茂，或遒劲的身姿，给了我多少童年的欢乐！

　　我想，有多少种树生长在我的童年里，我的童年就该有多少快乐吧。

　　春天来了，椿树发芽。在大人手中的竹竿够不到的时候，就轮到我了。一溜烟，就窜上了树的半腰。因椿树的枝丫是脆的，站在粗壮点的枝杈间，接过递上来的竹棍，一茎茎散发着浓浓香馨的香椿头就落在春天的怀抱里。

　　当槐花把一座座村庄笼罩在它纯净的香气里时，透过垂悬的一串串洁白花瓣，中午静静的阳光总可照见我及小伙伴们攀在树头的身影。芬芳的四月被一篮篮地拎回家，看母亲把它变成脆甜可口的菜肴，或是揉进面粉里，包成几个玲珑剔透润玉般的水饺，一滑就进了小肚子，喂了馋虫。

　　我的童年时代，没有肯德基麦当劳，没有超市里的各色零食与水果。馋了，自己朝大自然要。春摘野桃，夏打酸枣，秋偷青柿，冬掏鸟蛋，不会爬树，那你就只好在树下流口水吧。

一次,铁蛋的爸从县城回来后,铁蛋就炫耀地手托着一块焦酥透黄的糕片来到一群伢子中间。每个小喉嗓都在动,偷偷地咽着口水。受不了的,就向铁蛋求讨:给一点点,一点点可以吗?谁知,铁蛋一指村口那棵大三角枫树梢上的鸟窝:哪个有本事把那个鸟窝给我,我就给他半块。天哪,半块啊。小伙伴们虽心中跃跃欲试,但都望而却步。因为那只鸟窝实在是太高了。于是,就出现了本文开头的一幕。

也在树上吃过不少苦头。比如摘桑果时被一种叫"羊辣子"的毛虫辣了,采槐花时被尖刺扎进了肌肤,打栗子时被黄蜂将额头蜇出一个大包……但仍乐此不疲地将小小的童年悬挂在乡村的树梢上。

记得刚上学时,校园边有一棵我双手抱不过来的梧桐树,在房檐高的地方开始分叉,分叉处像一张天然的躺椅。我几乎每天都早早来到学校,爬到"躺椅"上舒舒服服地靠着,或翻看小人书,或闭着眼打瞌睡,听鸟鸣啾啾,感觉绿莹莹的阳光在眼皮上跳动。那天尿急,又不愿从树上下来,就掏出"小鸡鸡"往下"飙",恰被几个小女生看见了,大喊着"流氓"报告了老师,让我好长一段日子在班上抬不起头来。

没人理我的日子,一个人也能在树上寻找乐趣。拿出父亲打水的井绳、母亲洗衣的捶棒,拴吊在树丫上荡秋千;或爬到山坡上的那棵大树上,鸟瞰村庄或校园里小伙伴们的身影;或将一只只蝉捉入书包里,"知了知了"地博取同学的欢心……

想起那首叫《童年》的歌曲:"池塘边的榕树上,知了在声声地叫着夏天;操场边的秋千上,只有蝴蝶停在上面……"

歌声里,童年是随着那只蝴蝶越飞越远了。只是不知,故乡里那一棵棵给我欢乐的身姿是否依然健壮葱茏,那上面,是否还攀附着一个个小小快乐的童年?

红蜻蜓

"晚霞中的红蜻蜓，请你告诉我，童年时代遇到你，那是哪一天？"歌曲《红蜻蜓》是日本著名诗人三木露风写于 20 世纪初的一首歌谣。全曲虽短小，但歌词清新，旋律优美，经久不衰而传唱至今。每当那抒情的曲调在我心头流淌，总把我带回美好的童年时光。

在乡野生长过的童年，谁没有过捉蜻蜓的经历？或是伸着小手，蹑手蹑脚地走近一只停歇在草尖上的蜻蜓；或是在打谷场上挥舞着一把大扫帚，追赶着在夏日下成群飞舞的小精灵；或是在山林里举着网罩，跟着一双透明的翅膀在枝叶间筛下的秋阳中奔跑……

五颜六色的蜻蜓，最爱红蜻蜓。它比一般的蜻蜓显得娇小，玲珑可爱，鲜艳耀眼。如果说，那在蓝天绿草地上飞舞的蜻蜓，是懵懂童年那小小心灵里潜藏的飞舞之梦，那红色的蜻蜓，便是童年梦想里一个鲜艳的主题。

"拿起小篮来到山上，桑树绿如荫，采到桑果放进小篮，难道是梦影？"在《红蜻蜓》的歌声里，想起故乡那如茵的山坡，草木繁茂的田野。

记得村中有一小女孩，双眼几近盲瞎，写下巴掌大的"山石水火土"，也要将白纸贴到脸前才能看得见。有一天，我看见她小心翼翼地在草丛中行走，伸着手，拇指和食指张开。而她面前的草茎上，竟停着一只红蜻蜓。几乎就在我和小伙伴们发出惊呼的同时，她的双指合拢，将蜻蜓捏在了手中。

红蜻蜓在她的手中扑闪着,她举着那只蜻蜓朝向我们,狂喜地喊着:"红蜻蜓,红蜻蜓,我捉到了红蜻蜓!"现在回想,她捉到的那只红蜻蜓,是她整个童年的梦影与欢快吧?

"十五岁的小姐姐,嫁到远方,别了故乡久久不能回,音信也渺茫。"《红蜻蜓》的歌声里有一丝甜蜜里掺杂的忧伤。想我离开故乡已有三十多年,那个捉到红蜻蜓的盲女孩也该是早已嫁作他人妇。只是这渺茫的音信,让人在缠绵的旋律里陡升惆怅。

儿时,曾忘情地在垄上追逐一只红蜻蜓。我追过了羊肠蜿蜒的田埂、追过了流水潺潺的沟渠,追过了草长莺飞的山冈……扑通一声,失足掉进了一片荷花塘。在"接天莲叶无穷碧"里扑腾上岸,才露尖尖角的小荷上,哪里有立上头的小精灵,那只红蜻蜓不知飞向了何方。

"晚霞中的红蜻蜓呀,你在哪里吆?停歇在那竹竿尖上,是那红蜻蜓。"当烦恼越来越多,当故乡离我越来越远,那只红蜻蜓也在我的岁月里慢慢地消失。

哦,红蜻蜓吆,你是我无忧童年里一抹亮丽的色彩,你是我梦中最耀眼的永远飞翔的故乡。

桑间葚紫

"新泥添燕垒,细雨湿莺衣。葚紫桑新暗,秧青水正肥。"春暮夏至,正是桑葚成熟的日子。那或红或紫的小小桑果结满绿叶婆娑的枝条,诱人眼馋。

桑葚,桑树结的果子,在我们这儿的乡下就叫桑果。婴儿手指般的形状与大小,四月里开始结出青色的小果,在阳光的沐浴下,果子渐丰厚,变红,鲜艳地点缀在心形的桑叶间,惹人怜爱。一入夏,桑果儿就紫了,走近那茂密的桑林,总会听到欢快的笑声;那葱茏的桑树下,时可觅见翘首的身影。

《诗经·氓》中即有"桑之未落,其叶沃若。于嗟鸠兮,无食桑葚"的诗句。嘴馋的孩子,是等不得桑果变紫的,哪里还等"鸠"等小鸟来啄食。记得幼时在乡下,桑葚青青时,就攀到树上去寻那些个头相对比较大一点的果子,虽然嚼在嘴里,酸得眼都眯成了一条缝;即便大人们边撵边喊:等果子紫了再摘啊;或是让树上的一种俗称"洋辣子"的毛虫将手臂、脸蛋蜇得火辣辣的痛,也不弃那份贪婪。

儿时喜欢采摘的,多是那些鲜红的桑果,脆甜好看,还可以装在小小的衣袋里,慢慢地享受。紫了的桑葚,软中带脆,甜中有酸,轻碰即破,几颗吃下去,满唇满指都是紫红的汁。想装一把在小小的书包里,好在上课时偷偷塞几颗到嘴里是不行的。

桑葚紫了的时节,几乎不要爬到树杈上采,抱着树干猛晃,或是朝树干端上一脚,紫色的果儿便如雨点般落下,于是一群小伙伴们像一群落在打谷场上的麻雀,忙不颠地捡拾那一地小小的快乐。若遇一阵大风刮过桑林,此时又正好躺在树下的草地上做着少年梦,或许正好有一颗酸甜的桑葚落入张开的口中呢。闭着眼随便朝身旁一摸,就是一颗软软的桑果,拈起来朝嘴中一投,满嘴酸甜。

记得外婆喜欢煮桑葚粥吃。一把桑果,两把糯米,在柴火上慢慢地煨。等桑果与糯米黏稠地融为一体,外婆还要加入一点白糖。粥正熬时,我已不知咽了多少口水。等一碗玛瑙熔化了似的粥水盛放到我的面前,未及等凉,就已甜蜜润滑地入了小肚。见外婆,正一匙一匙慢慢地舀入口中,似是特别的享受。

"桑间葚紫蚕齐老,水面秧青麦半黄。"我的孩童时代,物资匮乏,而桑葚成熟之时又正是青黄不接，所以像桑葚、野草莓等时节野果就格外地令青涩的童年垂爱。至今想来，仍是唇齿留香。

只是，居住到越来越高大的城里后，已渐渐见不到桑树的身影。偶在超市里见到出售的桑葚，一味的甜腻，不是童年的味道。虽然童年的回忆更多是贫穷窘迫，但那涩中带甜甜中有酸的乡野时光，令人品咂，余味悠长。

哭泣的狐狸

城市建设遗留下来的一块空地，被楼房、道路和河流切成三角。空地上乱石嶙峋、杂草丛生。每次到学校接送儿子，必须打它边上经过。孩子就像一只好动的小狐狸，几次欲走进这块荒地玩耍，都被我阻止。

忽一日，发现里面的乱石被拾净，荒草被铲除，几位工人正在里面劳作。又过了一阵，平整过的土地被铺上草皮、植上许多树木花草，一个美丽的三角公园呈现在眼前。园林工人还独具匠心地在公园里垒起一座玲珑剔透的假山，假山上下雕塑着五只灵巧的狐狸，或相互嬉戏，或搔首弄姿，或卧或立，或顾或盼，煞是逗人喜爱。

小小的三角公园，成了儿子每次经过时的乐园。他像一只欢快的小狐狸，或在草地上打滚，翻几个跟头；或是闻一闻花朵的香味，摸一摸树叶的纹脉……而那几只狐狸更是儿子每次必定亲近的对象，他的小手抚摸着狐狸的脑袋，亲热地打着招呼，说着一些只有他自己才能听得到或听得懂的话语。

一日清晨，忽然发现不知是谁在公园放了一把火，烧焦了大片的草皮，还有许多花草树木，一只狐狸的脸也被熏得漆黑。

"真不文明！"儿子愤愤地说。他掏出一张白纸，细细地擦着狐狸的脸，可是烧焦的颜色怎么也擦不净了。

几场雨后，烧焦的公园渐渐恢复了原有的生机。

一个细雨霏霏的傍晚，接儿子放学走在回家的路上。

"哎呀"！儿子突然失声尖叫。

"怎么啦？"我吃了一惊。

"你看，跑了一只狐狸。"儿子指向三角公园。

循着儿子的小手望去，我发现果然少了一只狐狸，它不是突然有了生命跑走了，而是被什么人打成碎片，散落在假山脚下。而假山上卧着的那只狐狸也被人在脑袋上砸了一个洞。

雨下着，雨水顺着狐狸们的脸往下淌，也沿着儿子发白的脸往下淌。

"狐狸们在哭！"儿子喃喃地、伤心地说。

母爱的清凉

大热的中午，突然停了电。为了让儿子能午睡一会儿，好有精力去上学，妻子拿着一把扇子坐到床头，轻轻地为儿子扇着风。

看着妻子专注的神情，看着儿子甜甜的睡脸，在纸扇的轻摇中，心中涌起一丝感动与思念，想起我的童年、我的母亲。

小时候，村里连电都是不通的，那里还有什么电扇，至于空调，听都没有听说过。每遇炎热的日子，浑身汗湿，不能入睡，母亲总是拿一把芭蕉扇坐在我的床前，为我扇风纳凉。每每一觉醒来，见身边的母亲眯着眼打着瞌睡，身上的衬衫却是一片汗湿，几缕湿发贴在母亲发红的脸颊上，但手中的扇子仍在有节奏地摇着。

夜晚，母亲会将一张竹床搬放在屋前的空地上，从深井中打起一桶凉水，将竹床浇个透，沥干。在上风点燃两块干牛粪，牛粪"益"起的夹杂着浓浓草味的青烟，袅袅地飘荡，驱散着床边的蚊蝇。躺在竹床上，凉意就透过小小的脊背传上身来。等母亲从农事家事中抽出身来的，照例会坐到我的身边，照例手中是一把用碎花布镶边的芭蕉扇，一边为我扇着风，一边扑打着几只似是追着她叮的花蚊。就在阵阵凉风和牛郎织女嫦娥奔月的传说里，我的童年进入梦乡，在星光灿烂的天空飞翔……

妻子守着儿子的睡梦，准时地叫醒了他。在儿子上学临出门时，又递上一把遮阳伞。在遮阳扇撑开的一瞬，又想起我与母亲在夏日里的一次同行。

那是一个暑假，个头快与母亲一般高的我，与母亲一起到几里外的乡镇车站坐车，去父亲工作的县城。那时没有遮阳伞，家中仅有的一把大桐油伞是下雨天用的。母亲就将一条毛巾一路走着一路在道旁的水塘里浸湿，盖在我的头顶。起先，母亲一直在我的左边走，等路转了一个弯后，母亲又走到了我的右边。这时，我才注意到，母亲原来一直在用她的身体为我遮挡着强烈的阳光，把我的身体罩在她的阴影里。

记得躺在竹床上的夏夜，仰望满天的星光闪烁，问母亲：天上的星星有多少？母亲答：地上有多少人天上就有多少颗星。我问：那你是哪一颗？母亲笑：我也不知道。虽然到现在我也不知道母亲是哪一颗星，但我明白了，一颗星就是一份母爱，夏夜里，母爱的星光织就了满天的清凉。

纯真年代
第一辑

乡村鸡鸣

　　"喔喔喔——"鸡鸣声把我从梦中叫醒。睡眼蒙眬中见窗外路灯昏黄,幢幢楼房还在夜色里打着瞌睡。这才想起,昨天乡下亲戚进城,带来的一只公鸡还养在厨房里呢。

　　忽然睡意全消,起身坐在床上望着窗外,似乎要从林立高楼的缝隙里看到那遥远的村庄。想那童年的故乡,此刻该安坐在那方熟悉的原野,在黎明前的这片月色星光下鸡鸣声声吧?

　　记忆许多时候是一潭沉水,往往在一次偶尔的触动下,如同跌宕的溪流突然注入,许多沉淀在底的曾经被泛起。此刻,儿时的一些记忆便浮上心头。

　　儿时的乡下,谁家不养有几十只鸡。鸡生蛋基本是换两个油盐钱,补贴家用;来了亲戚朋友就到菜垛上捋一把青色,再捉一只仔鸡烧了,那就是把你当贵客待了。

　　家家户户养鸡,对鸡鸣自然就习惯,甚至是麻木了。鸡叫头遍时,我大多是在梦乡里。偶尔睁眼,见到的必是母亲忙碌的身影,不是在收拾我们几个子女抛在床头地下的脏衣去洗刷,就是手持一把扫帚窸窸窣窣地清扫地上的尘垢。虽然祖逖"闻鸡起舞"的故事母亲不知对我们说了多少遍,还是要赖在被窝里,迷迷蒙蒙地听着乡村那高昂的雄鸡报晓的大合唱。

　　终于在鸡叫三遍后起床。灶台上已是热气腾腾,灶台后,炉火映红了母亲的脸膛。若是夏天，会有一颗颗晶莹的汗珠挂在母亲的脸颊上。

这时，母亲会将鸡笼打开，一群鸡就在一只高大的、羽毛像一团燃烧的火一般的雄鸡的带领下，跟在母亲的身后拥向屋外，啄食母亲撒向地面的稻谷。

那只火一般的大公鸡曾是我童年的骄傲，它不但斗败了村中所有敢于向它挑战的同类，也赢取了它自己发动的任何一场"战争"。凌晨，第一声的"喔喔喔"也是由它叫起，大有一种"我不开口谁敢言"的王者气概。白天，在野外觅食，这只公鸡若扒到"美食"，也绝不独享，它总是"喔喔"地呼唤身后的一群母鸡，让它们享用。在这方面，恐怕现在的许多男士都不如它。

那时候，小孩子们非常喜爱看一部叫《半夜鸡叫》的小人书。说是地主周扒皮为了让长工们起早多干活，半夜跑到鸡笼边学鸡叫。几次以后，被长工们发现，于是在一个黑夜将又在鸡笼边学鸡叫的周扒皮狠揍了一顿，边揍边故意地喊："打死你这个偷鸡的贼，打死你这个偷鸡的贼！"每看到这里，我和小伙伴们总是开心地笑。

乡村时有偷鸡的贼。有人家鸡被偷了，大人就站在门口骂："日祖宗的。"小孩就喊："周扒皮，周扒皮。"

也有黄鼠狼来叼鸡的。半夜，听到鸡笼有扑腾声，等人起床赶到笼前，不是鸡已被叼走一只，就是有鸡被咬伤或咬死在笼内。

一日深夜，家中鸡笼传来大的动静。等母亲匆匆去看时，又传来母亲的惊呼。等我睡眼惺忪地跑到鸡笼前，也吃惊地瞪大了眼。原来，笼内正在发生一场恶斗，那只火一般的大公鸡正用它的尖喙不停地袭击一只钻入笼中的黄鼠狼。在母亲手中煤油灯的照映下，那只黄鼠狼显然惊慌失措，想逃离，但它逃跑的方向总是受到大公鸡坚嘴利爪的围堵，在它一次快要窜出鸡笼的空隙时，硬是生生地被大公鸡啄住拖了回去。进攻、反扑、追击、挣扎，终于，黄鼠狼倒在了笼中。"喔喔喔——"雄鸡昂首大叫，随即，"喔喔喔"的叫声此起彼伏，像是胜利的欢呼与响应。

也喜欢母鸡在树林草地上边觅食边发出的带颤音的"咯呃——咯呃——"的叫声，像悠闲的人哼着一首快乐的歌。若是夏日正午，遇上母鸡下蛋，那却是很让小憩的乡人恼火的。下了蛋的鸡，就像是一个终于养了个儿子的农村媳妇，"咯咯咯蛋"的自豪而响亮的叫声，似乎要嚷给"地球人都知道"。村中的一个叔爷脾气暴躁，一日正鼾，被"咯咯咯蛋"吵烦，竟摸起一根树棍，撵着那只鸡在村中转了几圈，弄得鸡飞狗跳的。

刚下过蛋的鸡，母亲是不让我们赶吓的，说是惊了以后，就在外面丢蛋了。我和小伙伴们玩耍时，也经常在稻草堆下面、盛放草木灰的灰塘里捡到鸡蛋。

母鸡孵蛋，或是带着一群黄绒绒的小鸡时，大人们也不让我们碰，因为，为保护自己的子女，母鸡会疯狂地攻击它感觉有危险的对象的。人禽之间，母爱是没有高低之分的。常见国画大师们以花前叶下的母鸡带小鸡为题，浓墨重彩地描述一份暖融融的亲情与母爱，意境淡泊温馨，这是西画难以表达的。

后来读陶渊明的《归园田居》，诗中有句："鸡鸣桑树颠"，知道描写的正是乡下白日的一个谐和景象。几只鸡栖居在斜伸的树干之上，或眯眼，或东张西望，偶有一两只不甘寂寞者，"喔喔"或"咯咯"一声，平添了乡村的一分悠闲与安逸。

儿时的乡下，没几家有闹钟之类的报时工具，公鸡报晓也就成了乡人起床作息的信号。鸡叫头遍，一般是在丑末寅初，整个乡村大地还笼罩在一片夜色里。记得一次随母亲去县城，因那时交通不便，要走十多公里的路才能到最近的区汽车站乘车，鸡叫头遍时便动身上路了。一路走，一路听着村落间此起彼落的鸡鸣，看着天上的星星逐渐稀落消逝，看着东边的天际逐渐泛白变红，最后，似是在一声悠长嘹亮的雄鸡鸣叫中，一轮红日喷薄而出。这种"一唱雄鸡天下白"的美丽而壮观的景象，至今记忆犹新。

现在，母亲早已离我而去，故乡也成遥远的记忆。住在钢筋水泥的城堡里，"阡陌交通，鸡犬相闻"，这样的景象恐也只能在《桃花源记》里欣赏了。

"喔喔喔——"厨房里的公鸡又在鸣叫。时光流转,我所居住的这座城市,以及那远方的故乡,都开始了新的一天。

赤脚

"好舒服啊!"天热,同事脱了鞋子,光着脚在地板上行走。他快活地喊叫,勾起了我对童年赤脚的回忆。

20世纪70年代的农村,家中能有一两双塑料凉鞋的很少。夏天,大人们脚上套的,基本是家中女性缝纳的、已穿了一两年的旧布鞋,往往是鞋头穿洞、边沿搾线,却正好让一双辛苦的脚透气。孩子们大都是打赤脚,光着脚板在村头或田间疯跑。那时,你路过任何一个乡村,都会看见三三两两赤脚光腿的孩童,是当时农村里一道特殊的夏日风景。

烈日炎炎的日子,地面的黄土似乎被烤焦,光脚板落在上面,烫得脚心疼,走路就蹦蹦跳跳的。实在受不了烘烤了,就一头钻进池塘里,藏在荷的阴凉下,剥莲子、嚼菱角。

喜欢下雨的日子,空旷的乡村闷热立即消散,空气清爽。光着脚在泥地中行走,泥浆透过脚趾缝往上滋,那种柔柔软软痒痒酥酥的感觉,特别舒服。舒服归舒服,偶见有人穿着一双黑黝黝的胶皮靴,眼珠子都会粘在上面。有了靴子,脚板就不会被扎破了,脚指头就不会被土疙瘩踢疼了。心中那个羡啊。

随父母进了城,有了凉鞋、胶靴。随着生活水平逐渐好转,穿凉鞋时还套上柔柔滑滑的袜子,也有了皮鞋。偶在家中的水泥地上打个赤脚,总会受到父母的阻止与呵斥。

时代的发展,生活的富足,爱美的人类开始用各种行头和款式,从头到脚地包装、包裹自己。若有人光着脚行走在大街,定会招来众人怪异的目光。

等家庭装潢兴起,在一个个富丽堂皇的居所内,人们终于脱掉了鞋袜,享受地面传递给人的清凉与惬意,虽然隔着楼层,隔着一层或天然或强化的地板。但一跨出严丝密封的厚重防盗门,人们又是"全副武装"。

由同事的光脚,想到赤足的童年,无外乎怀恋与自然相亲的日子,虽贫穷,却充满着乐趣。也正因为贫穷,更充满着对新生活的向往。

秋味悠长

乡人进城,给我带来一大玻璃瓶咸菜。细审瓶内,一节节绿茵茵的杆儿,拣几根放进嘴里,细嚼之,嘎嘣脆,有一股淡淡的泥土的醇香。原来,是菱角菜儿。

品着菱角菜,有一股乡情便从心头涌起。

少时在乡下,村前村后各有一口大水塘,村后的水塘种荷,村前的水塘养菱。夏天,菱秧儿一片一片地浮出水面,开出许多白色的小花,像繁星一般点缀在菱叶间。菱是塘中自生的,结出的菱角儿小而硬。刚入秋,那些还未完全成熟的菱角，就几被我们一帮伢子边玩水边采吃尽。这时，母亲就和几位妇女将成片的菱秧儿勾到塘边，掐下叶片下的一截，用竹篮盛着，在塘中洗净，回家腌在坛中，成为佐餐下饭的小菜。

塘边还生有一种叫芋艿的植物，在我们乡下叫作"芋仔"，一片片盾牌似的叶儿举在头顶。刚进城时，头一回在人家看到盆中栽着滴水观音，还疑惑怎么将"芋仔"养在家里呢。芋艿生在浅水，站在塘埂，双手抓住叶下的几根茎秆，用力一拔，就带出下面根状的果实——真正的芋仔儿。洗净剥皮，白生生的芋仔肉儿吃在嘴里，脆甜中带有一点涩味。往往是用衣襟兜着，回家让母亲或蒸或煮，熟了的芋仔板板面面的，或装在口袋或放在小小的书包里，是那时乡下孩子钟爱的零食。

秋渐深时，村中的一群伢子就喜欢去村后的水塘。那里，莲叶将萎未枯，虽不是"接天莲叶无穷碧"，却也是一池墨绿；没有"映日荷花别样红"，却仍有零星的几朵或粉或白的点缀。乡下伢子，哪里懂得欣赏荷之风光，感兴趣的，是那密密莲叶间一秆秆高举的莲蓬。塘边的莲蓬是早就被馋嘴的摘光了。有不怕水凉的，趁大人不注意，就光腚扑腾到塘中，做贼似的慌慌折了几个莲蓬，来不及将身上的泥水洗净，就与塘边接应的小伙伴儿，一溜烟地奔向田野，在将黄未熟的稻丛中掰开莲蓬，分享莲子。有性急的连莲芯也不及去除，莲子的甜润与莲芯的苦涩混在嘴里，却也嚼得有滋有味。若有水性好的，钻入塘底，在软软的泥中抠得一两节白藕，那算是一顿大餐了。

荷塘中，还有一种叶子浮在水面，与莲很像，叶面上却起着褶皱的植物。它开的花也类似于荷，只是比荷小了许多，花托圆鼓鼓的，远看，像一只顶着硕大冠子的鸡头。这可能就是乡下称它为鸡头果的由来吧？"冠"落后，"鸡头"越来越大，外面长满毛刺，又像一只只袖珍的刺猬。拨开"刺猬"的皮，里面可见一粒粒大小不一的果籽。果籽还有一层较硬的壳，里面才是少得可怜的一点解馋的"肉"。那时生活贫乏，这涩涩的吃不到什么玩意儿的小果儿，也成了孩子们秋天里的奢望。一次，朋友破费请吃野味，一碗汤羹中有一粒粒白圆珠儿，开始以为是小汤圆，吃到口中感觉不对，朋友见我疑惑的表情,告知,这是芡实。芡实?不就是我儿时吃的"鸡头果"吗?真是久违了。

久违了,那些悠长的秋味,秋味里的乡情。

荷味

八月,荷花绽放,莲蓬初结,是赏荷的好时光,也是品荷的好时节。

唐柳宗元诗云:"青箬裹盐归峒客,绿荷包饭趁圩人。"荷花美食,最简单的当是荷包饭。小时候在乡下,屋前就有一口荷塘。炎炎夏日,人无食欲,母亲就在塘中折一两张青绿的荷叶,洗净,铺放在蒸笼底,将顺手采回的芡实、莲子、野菱角等拌入淘净的米中倒入蒸笼,捂上盖,大火蒸煮。不一会儿,便满屋飘散着荷的清香。蒸好的荷包饭粒粒晶莹剔透,清香松软,即便没有一口菜,我也能一口气吃个两大碗。

荷茎,也是一份美味。见母亲将圆圆的茎竿切成条,配上辣椒丝,在大锅中用猛火翻炒,只需撒上一点盐,吃在口中便质感清脆,味道鲜美。更多的,母亲是将荷茎切成段,用盐腌制起来,等吃稀饭时从坛中掏出一点,开胃佐餐。那脆嫩的荷茎咬在口中,有时还茎断丝连的。

莲子粥自然是常吃的。母亲会一一剔除新鲜莲子里的莲心,这样,煮出的粥中就没有了苦涩味。新打出的早稻米中,母亲还会放上一把糯米,让煮出的莲子粥黏稠,更具清香。

难得吃上几次的是莲子绿豆汤，只是在大暑的日子里才见母亲熬炖。那放在清凉的井水里凉透了的新鲜莲子绿豆汤，喝在嘴里，那自然的清香，至今回味无穷，不是现在的任何一种时尚饮料可以比拟的。

在我幼时，稻田里很少用农药化肥，秧苗下便经常能捉到鲫鱼、黄鳝、泥鳅等。有时，母亲会用荷叶作底，铺上糯米，蒸鲫鱼。蒸熟的糯米鲫鱼，鱼肉鲜嫩又浸入荷叶淡淡的香气，糯米黏弹而又劲道，食之难忘。

八月，新藕上市。藕的吃法很多，清炒、红绕、凉拌、蒸煮。最喜欢的吃法还是母亲的煮藕。藕眼里被母亲用筷子塞满花生米、红豆、糯米，放入铫中慢慢地煨。半天下来，藕软米烂汤浓。盛入碗中，再拌入一点白糖，真是香甜异常。据说，此吃法最适宜身弱体虚者，也是母亲晚年的最爱。

荷不但色、香、味俱佳，还具有一些特殊的功效：莲子养心益肾补肝，莲藕清热健脾益血，莲梗清瘀清热解暑，莲叶消暑去湿清燥……由此，现代人将荷入肴也翻出一些新花样来。

曾在一茶楼喝过荷花茶。见茶博士将荷花瓣洗净，放入壶中冲泡，几分钟后即可饮用。轻啜一口荷花茶，淡香袅绕，唇齿留香。茶过三巡，便觉馥郁满腹。

据说，也有餐馆将荷花花瓣脆炸，用绵白糖或椒盐蘸着吃。可惜没有亲口尝过，不知味道如何？

那次去杭州，本来要吃用荷叶和泥土包裹烘烤的叫花鸡，店伙计却极力推荐一款荷叶鸡。具其介绍，比起叫花鸡，荷叶鸡做法较简单——以花椒腌制童子鸡，裹上荷叶上笼蒸熟后，再将鸡肉切块，淋上蒸制时的汤水。尝之，鸡肉鲜嫩，清淡的荷香飘散，令人食欲大开。

花堪折时直须折，莫待无花空折枝。乘碧叶连天，荷花映日，赏景之时，请莫忘尽情享受荷之美味，让我们的眼界、味觉和心灵都充分享受荷的清凉和芳香。

南瓜花开

　　清晨，推开窗户，一朵金黄的花朵跃入眼帘。原来，楼下不知谁栽的一棵南瓜秧儿，竟沿水管攀上了二楼。看着这朵黄艳的花儿，感觉一股清新的乡情扑面而来。

　　在乡下，南瓜是很随性的一种植物，几乎家家都会在地头坡边、篱旁墙下种上几株。松了土，埋下上年留下的瓜种，施上一点肥，浇上一些水，就很少有人去打理它。顶多是在连日骄阳后，得闲给它两瓢清水。

　　在我幼时，乡下每户人家都有个挨个的几个伢儿，就像一根南瓜藤儿，结着几个青涩的小瓜。物资匮乏的年代，谁也不把，也不能把自个的伢儿金贵地养着，真的像房前屋后栽种的南瓜儿呢。

　　也就在不经意的时光里，那瓜秧儿就扯了藤，一路攀爬着开着花、结着纽。那纽儿越来越大，有时恍然惊觉，这瓜儿咋一夜间就长得这么大了呢？如同我经年以后一次回乡，那原先在一起光腚戏水的小伙伴儿，已一个个出落成壮实的大小伙、俊俏的大姑娘儿。

　　可也别轻视了这看不上眼的南瓜，在那温饱都难解决的年代，也填饱了不少饥肠呢。南瓜粥是农家人碗中常见的主食，蒸南瓜也是当时孩子们手中的一道美食。家中若有巧妇，这不起眼的南瓜儿也能翻出新鲜的花样。

　　记得母亲会将花托短、不结纽的雄花儿采下，用当年榨出的菜籽油儿一煎,盛入盘中,是一道既好看又清香扑鼻的佳肴。

　　青青的南瓜藤儿,在母亲的手里也是一道美食。见母亲一条条地撕去藤儿外面的皮,留下里面青嫩的芯儿,剪成段,配上红辣椒丝儿在锅中一炒,是一道清爽可口的下饭菜儿。

　　有时家中来客,又一时不及采摘新鲜的蔬菜,母亲会拎起墙角堆放的一只南瓜儿,剖开,切成丝,在大火上爆炒。那脆甜的味道,对于我有一种特别的感觉,似乎里面隐含着那个年代的味道,以及母爱的味道。

　　大热的夏天,母亲会将南瓜切成月牙儿形状,抓上一把绿豆,熬一铫的南瓜绿豆汤,凉着,解渴又降暑儿。

　　南瓜瓢儿,母亲用来喂猪。南瓜子儿,母亲会在塘中洗净,晒干,炒熟了,成为大人小孩口中嗑着的香喷喷零食。

　　那时的乡下,卫生状况很差,小孩子的脸上都有虫疤。城里的孩子用宝塔糖（当时的一种驱虫糖药）驱蛔虫,乡下孩子驱虫就是吃生南瓜。生南瓜难吃,母亲会将南瓜捣烂,加上一点糖,这样,我们就不会食之难以下咽了。生南瓜驱虫很灵,现在来看,还可以称得上是一种环保绿色的新潮药品呢。

　　"一条大青龙,爬上院墙头,生下一窝蛋儿,个个大麻球呀。"看着眼前这攀上窗沿的南瓜藤,看着这朵黄灿灿的南瓜花,忽然记起儿时母亲唱给我们的这首南瓜谣。歌声里,那乡情的藤蔓从心口里长出,盘盘绕绕缠缠绵绵;而母亲的笑容就宛如藤上的那朵花儿,明媚而灿烂。

咀嚼春天

惊蛰前后，一场雷雨，终于惊醒了蛰伏的春。雨过天晴，走上原野，就会看见满山坡的地衣，在松软的土地上泛着玛瑙般的光泽。如果你是提着篮子有备而来，不消多大时程，就会有满登登的收获。如果你是偶涉山野释放心情，与这些春天的精灵猝然相遇，也满可以掀起衣襟，将它们兜一点回家。

地衣，因其形状像一只只小小的耳朵，又以雷雨过后的山野居多，在我们乡下又叫"雷耳"。我感慨于乡人的才华，多么富有诗意的名字，它们在大地上聆听着春天，更等待那些捡拾春天的脚步。

小时候，将地衣捡回家，母亲要一点一点地拣去夹杂在里面的草根枯叶以及碎石子，在门前的池塘里一遍遍地淘洗。或炒或蒸，那滑滑绵绵的、带有大地气息的春天的味道，就进入我们的腹中。

野菜，是大自然在春天送给我们的第一份礼物。住在钢筋水泥的城堡，连泥土都越来越少见到，野菜的诱人味道逐渐成为芬芳的记忆。

挑荠菜，挖野葱，打马兰头，采马齿苋……儿时，提着竹篮疯跑在春天的情景，让我的回忆充满快乐。乡村孩子理所当然都是采摘野菜的能手，在田间地头晃悠的一个个小小的身影，采摘着野菜，也采撷着明媚的春光。

记忆中的人间美味，当属母亲包的荠菜饺子。从集镇上买回很少的一点猪肉，加上几块豆腐干，和我们挑回的荠菜一起剁碎包出来的饺子，在锅中还未煮熟,已是满屋飘香,引得我们几个孩子急急地挨着锅台,在雾气中不断地翕着小小的鼻孔。

三月里椿树发芽,四月里槐树开花,这些都是春天的美味。有爬树本领的孩子是很让一帮伢子羡慕的,小猴子一般蹿上树,摘嫩嫩的香椿头,采白白的槐树花,回家后就是盘中的一道美餐。现在,每当我吃到香椿头炒蛋这道菜,胸中总感觉有一股浓浓的乡情。

如今吃到野菜也不是一件难事,但味道似乎总感觉淡了点,有人说是人工种植的缘故,刻意的繁殖总不比自然的生长来得清香。我感觉,自己采摘的野菜总是无比香的,因为无论你在味道上怎样下功夫,都不会有其中蕴含的那份情怀。而精致的碟盘和拼摆,永远都比不上母亲那粗盆大碗的随意陈放。

"春到溪头荠菜花。"春天里的野菜芳香,至少给了我一个借口,让我在品尝春天的味道时,重温一些美好的时光。

冬至喝碗羊肉汤

记得那一年冬天,被暂调到北方工作的父亲回家时带回了小半扇羊,在十天半月能吃上一点肉属稀罕的年代,当然是一件喜事。在我生活的这个地区,基本没人养羊,别说我年少时没见过羊,母亲也从没烧过羊肉,只得由在北方生活过一段日子的父亲烧煮。

见父亲将半扇羊连骨剁成小块儿,投入锅内,再放入一两块生姜,兑入水,就放在煤球炉上烧。等锅盖边突突地向外冒热气时,就闻到一股既香又膻的味道。

羊肉汤烧好端上餐桌,见大汤盆里的汤像牛奶一般。迫不及待的我伸筷就夹起一块羊排塞入口中,可吃了两块就不愿再吃,因为实在不能接受那异于猪肉的味儿。父亲给我舀了大半碗汤,说,冬天喝羊汤取暖御寒儿。可我勉强着喝了几口,就再也难以下咽,那股膻腥味儿让我大倒胃口。父亲呵呵大笑,说这小子嘴叼,这么好的东西不吃,可惜。

羊肉汤不好喝,那是我第一次吃羊肉时留下的印象。

随着社会的发展、生活的改善,我生活的这座城市也有多家羊肉馆开业,就是普通的酒店,羊肉也成为正常而普通的菜肴。吃多了,不但觉得羊肉确是好吃,更喜欢在冬天里喝上一大碗儿香浓的羊肉汤儿,暖和暖和身子,抵御风寒。

这时才知道,父亲那年做的羊肉汤儿为什么不好吃,那是因为当年物资匮乏,缺少佐料,不能去腥味儿。原来,做羊肉汤,里面是要放入姜、大葱、花椒、桂皮、红枣、党参、枸杞、料酒等诸多料儿。这样做出的汤不但汤汁醇厚,鲜而不膻,而且具有暖中祛寒、温补气血、补肾壮阳、开胃健脾的功效。

中医认为"人参补气,羊肉则善补形"。羊肉味甘而不腻,性温而不燥,脂肪、胆固醇含量少,热量比其他畜肉高,所以冬天吃羊肉喝羊汤,抵御风寒的同时,又可滋补身体,可谓一举两得也。

父亲老了,年老体衰的人最适宜在冬至的日子里喝碗羊肉汤儿补补身子。现在,轮到我来给父亲做羊肉汤了。一锅羊肉汤儿在炉上用文火煲着,暖暖的亲情满屋飘香。

雪的记忆

每入冬,总盼着一场大雪降临。

生活在长江北岸的这座城市,虽然四季分明,但要在冬天里见到"山舞银蛇,原驰蜡象"的景象也是稀罕的。常常是看见小雪花儿飘飘荡荡,心中的欢喜像怀中的一只小白兔儿,正蹭着肌肤酥酥地痒呢,就嗖地跳走,不见了影儿。有时从梦中醒来,推开窗,见道边的树儿一夜间白了头,还未来得及好好侍奉,就在阳光下消遁。真有一种"子欲孝而亲不在"的伤怀,那枝叶间的滴滴答答,分明是一颗颗的失望与留恋了。

记忆中的第一场大雪是在我幼时,那时,还和母亲生活在乡下。记得那天清晨,一觉醒来,屋里特别亮堂。母亲叫我别起床,说外面好大的雪。嚷嚷着要看,于是母亲就将我抱起拢在怀里,走到窗口。扑入眼帘的是白茫茫的一片,远方田野上的道路、沟埂、池塘都消失了身影,只有近处的树满枝头白花绽放。不知怎的,后来每读"忽如一夜春风来,千树万树梨花开"的诗句,就立即回忆起母亲拢我在怀观雪的情景。

是母亲第一次领着我走进雪地,让我张开小手,迎接那六菱的晶莹花瓣儿。是母亲给我堆起的第一个雪人,红萝卜做的小嘴儿永远地微笑着……

童年堆起的雪人和快乐是早已融化在记忆里了。再次与一场大雪相遇,已经是在城里上中学。

下了几天的小雪儿，到了那天下午突然变成鹅毛大雪，傍晚放学时，雪已没脚。有穿胶靴的同学欢叫着冲出教室，没带雨具的同学也有家长送来。当同学渐渐走尽，只剩下我一个人孤独地站在门口，穿着那双母亲为我打上胶底的布棉鞋。正要踏入雪中，猛听一个熟悉而亲切的声音在叫我，一抬头，远处迷茫的风雪中，正蹒跚走来母亲的身影。当母亲走到我的面前时，我看见她苍白的脸颊上泛着红晕，大口地喘着气。我的眼泪立即夺眶而出。这不是因为母亲姗姗来迟的委屈，而是对一个病入膏肓、卧床已久的母亲顶风冒雪来接儿子回家的感激与心痛。当母亲拢我在怀时，我知道，再没有什么风雪能阻挡我的脚步。

岁月的无情已经永远隔断了我和母亲，时光的风雨也冲洗淡薄着记忆。平淡而繁乱的日子里，我们往往需要一个触媒来重拾往日情怀。而冬日里的一场大雪正是我情感永远的维系，那洁白地飘荡，纯净地飞舞，拉近我对母亲久远的回忆，慰藉我的心灵。

冬已至，期待着一场大雪，让我的思念随那片洁白飞扬，覆盖在，母亲那小小的坟上。

野草莓的回忆

正是草莓上市的日子。看着满街头的红草莓儿，忽然就想起乡下田间地头蔓长的野草莓儿，这时节，怕也是成熟了吧。

我知道，这路边篾筐里堆售的草莓儿，原产地来自南美，我国引进种植不到百年的历史。在我们这儿的乡下大面积栽培，也就是一二十年的时间。在我孩提时代，哪里能吃到这样肥硕的草莓。那小如珍珠般的野草莓儿，就是大自然在春夏之交奉献给我们的一份珍稀美味。

野草莓属蔷薇科，但没有蔷薇生长的恣意茂盛。虽藤蔓延展，淡绿色的叶片也茂密葱郁，却棵木矮小，委地而生。如果不在意，往往忽略它的存在。童年时，为了寻找到那小小的红润诱人的果儿，往往要拨开草丛才有惊喜地发现。

野草莓先开白色的小花儿，后结小青果，等到果儿红透时，就是我们大饱口福的时候了。有时会在山坡上发现成片的野草莓儿，红玛瑙般的果儿星星似的点缀，让沉寂的田野洒满孩子们的欢笑。野草莓的果子酸中带甜，十分清爽可口。一帮孩童一边弯腰撅屁股地采摘，一边忙不颠地往小嘴里送那红得发紫的小果儿。

后来看过英格玛·伯格曼的电影《野草莓》，片中出现的茂密的草莓地，也是在一片绵延的山坡上。那是影片主人公伊萨克·伯雷在年迈时的回忆：少年的乐园，美妙的音乐，初恋情人的欢笑……著名学者董桥写过：中年人看了英格玛·伯格曼的《野草莓》，下半辈子会活得更妥帖。我已是人到中年，我不知道未来是否活得妥帖，只是，面对眼前的一些情景，会时常勾起童年的回忆，比如那慢坡的野草莓儿，满坡的快乐。

人是不能再回到童年的，只有在回忆里。而年轻时我们有太多的向往，无暇回首。只有人到中年，才有闲暇咀嚼童年的味道，仿佛一颗放入口中的野草莓儿，酸酸甜甜。

也不是所有的回忆都让人"妥帖"，就像野草莓，也有一种是不能吃的，在我们乡下被称为"蛇果"。大人们告诉，说是蛇吃的，有毒。后来见李时珍记述："蛇莓，园野多有之。子赤色，极似莓子，而不堪啖。"孩子们对蛇莓辨别自有办法：蛇莓果子是实的，而可食的野草莓果子中空，可食与否，一剥即知。

　　回忆的结果,取决于回忆者的心境。比如对苦难的回忆,它能衬托今天的幸福,也能让回忆者陷入痛苦不能自拔,成为生命里的"蛇果"。或许,有人回忆起那红艳的野草莓儿,会感慨曾经的匮乏、生活的磨难。而此刻我想起的童年,感觉到的是一份安宁,如同山坡上那片匍匐的草莓地。

一把荠菜品春味

　　"城中桃李愁风雨,春在溪头荠菜花。"这是辛弃疾诗中的句子。城里的人还在急急地盼着春光的到来时,乡下的田野已是荠菜花开了。

　　在农村度过童年的人,恐怕都有过挑荠菜的经历。持一把小铲,挽一个竹篮,便在春光明媚的田间地头寻觅那青青的荠菜,也放逐着童年的欢快。荠菜在很多人心中不仅仅是一个寻常的野菜儿,它往往代表着童年,亲情,故乡和旧时光。

　　鲁迅先生说他佩服第一个吃螃蟹的人,而第一个把荠菜引入餐桌的人也应值得我们感谢。有人说:人们选择食物的过程,就是人类的发现史。而荠菜这样的野菜成为人类的佳肴,应是野菜的从良史吧? 奇妙的大自然中,恐怕还有许多未被人类的口腹发觉的野菜,依旧在野外自生自灭。

　　物资匮乏的年代,荠菜类的野菜多是用来调节寡淡的口舌,甚至用来充饥。生活改善了,吃野菜是品尝,要的是那乡野的气息、自然的风味。

　　荠菜最佳的做法是做馅。小时候在乡下,我和妹妹们挑回荠菜,母亲一般是将洗好的荠菜切碎,和剁碎的肉、白菜心儿、胡萝卜等和在一起做馅包饺子。记得母亲说过,荠菜仅与肉和在一起做馅,不加别的蔬菜的话,煮出来的饺子,荠菜像草,肉馅发硬,不好吃儿。

也见母亲用荠菜馅儿包春卷。油炸过的荠菜春卷外焦内软,一口咬下去,清香异常。只是那个年代油肉紧张,炸春卷又特别伤油,母亲也仅是偶尔一做,解解我们肚里的小馋虫儿。

荠菜也可凉拌。若是家里来了客人正赶上时节,母亲会将洗净的荠菜在开水里过一下,切碎,拌上干丝,淋上香油,端上桌给客人品尝。刚给开水烫过的荠菜,未动筷,就闻见缕缕清香,诱人食欲儿。

记得古剧《寒窑记》中曾描述,王宝钏带着一对儿女,为等渺无音讯的丈夫,在废弃的寒窑里苦苦守候十八年,靠挑荠菜挖草根度日,终守得为国成疆的薛仁贵荣华归来,传为千古佳话。

荠菜这类野菜,注定是大俗大雅的东西。穷困的日子,普通百姓以它充饥糊口。而今康富的日子,因了它的清雅淡爽,成了餐桌上推崇的尚品。一箸入口,不知不同生活经历的人,各能咀嚼出什么样的春天味道来?

槐花香飘又一年

油菜结荚,麦子抽穗的时节,槐花开了。当那一串串洁白的花儿缀满枝头时,空气中便弥漫着一缕素雅的清香。

"槐林五月漾琼花，郁郁芬芳醉万家，春水碧波飘落处，浮香一路到天涯。"五月的乡村大地，到处可见槐花的身影，那洁白的花朵一丛丛一簇簇点缀在满山遍野的绿色中，远远地望去，宛如团团朵朵的白云飘浮在林丛，给人清新飘逸的感觉，让人心怡。

槐花碎小而淡雅，不似别的花朵艳丽而招摇，它静静地垂挂在枝叶间，无声地开，默默地谢。真宛如身边那些普普通通的人们，平静而淡泊地生存繁衍在这个春来秋往的世界。

想起谢军的一首《槐花香》："又是一年槐花飘香，勾起了童年纯真的向往，儿时的玩伴杳无音信，让人不由得心伤。又是一年槐花飘香，心上的人儿不知在何方，在这个槐花飘香的季节，又想起那个温情的夜……"

歌声里，与槐花有关的记忆，便浮现在眼前。

只要在乡下生活过的童年，恐怕都有过摘槐花的经历。像一只小猴子一般地攀上树，也顾不得枝条上的刺儿扎人，一边将甜滋滋的花骨朵儿捋下往嘴里送，一边将串串槐花扔给树下急切张望着的小伙伴。有时也采上满满一篾篮带回家，让母亲蒸上一锅槐花饭，或是做成槐花粑粑，解馋儿。

槐花年年开。但仔细想想，这么多年来，再也没有采尝过槐花的滋味，也有很多年没有回到我那童年的故乡了。

面对若雪槐花，在我心中涌起的，不只是甜美的回忆，还有一段惆怅的记忆。

年少时的事了。一位女孩，从遥远的地方来我生活的小城看我。领着她在城中的公园散步，走到一片槐树林，坐在落满槐花的草坡上休息。因为饮了一点酒，有一搭没一搭地说着话儿时，自己竟睡着了。一觉醒来，女孩正斜靠一棵槐树看我。后来，接到女孩的来信，大意是：那样一个美好的时刻，你竟在我的面前沉沉睡去，于是，那个浑身落满槐花瓣儿的梦里男孩，就此成了我最美的也是最终的回忆。

时光如流水。在这槐花又飘香的季节想起那个女孩，已是不知生活在何方？由此想起生命里那些匆匆走过的身影，真如槐花的开开落落。

"满地槐花,尽日蝉声乱。独倚阑干暮山远,一场寂寞无人见。"面对槐花,在古今心同的寂寞里,生起的思念与回味虽是淡淡的,却是清香袭人,如一缕槐香萦绕、飘荡。

槐花香飘又一年,那洁白的花朵当是一次心灵的相约,在岁月的山坡上等那有缘的人儿。遥看那片春天的守候,我已准备好绽放的心情,"即应来日去,九陌踏槐花"。

纯净的夜晚

突然停了电,陷入一片黑暗。

从黑了屏的电脑前起身,窸窸窣窣地寻到一根蜡烛,点燃,小小的光圈拢在桌子的周围。

没有电,不能上网,不能看电视,不能……突然觉得百无聊赖。寂寞中拿起床头一本也不知放了多久的书,坐到烛光边。翻开书页,却看不清晰上面的文字。于是想起童年,是如何在这样的灯光下看书写字的?

那时,乡下人家是不通电的,即便是城里,停电也是家常便饭。晚饭过后,母亲会点起一盏煤油灯,我就趴在灯光下写老师布置的作业。母亲的手不会闲着,就着灯光,或是缝补我们几个孩子划破挂烂的衣服,或是纳着好像永远也纳不完的鞋底。那针线拽动的嗤嗤声响在耳边,现在想来,竟是那么动听、亲切。

眼睛渐渐适应了昏暗，蜡烛黄黄的光在书页上跳动，进入了文字营造的天地。一章读罢，掩卷回味，如饮甘霖。四周依然一片黑暗，静寂中，偶有车辆在窗外驶过，车灯在窗玻璃上一划而过。这样一个静谧的夜晚，在融融的烛光下读书，真是别有一番滋味。

眼睛有点酸胀的时候，起身站到窗前。一抬眼，漫天星光闪烁。如果不停电，是看不到这样诗意的星空的。不仅仅是城市华灯绽放、霓虹闪烁交织的光源遮蔽了原本璀璨的夜空，在人工营造的一个个不夜城里，我们又有多少人会有意识地停下匆匆的生活，抬头望一望这原本就在我们头顶守候着的美丽夜色？

失电的夜晚，混浊的空气、嘈杂的声响，甚至是污染视觉的光源，都被黑暗过滤沉淀了。从窗外吹进来的风，也好似从没有过的清新。这才是夜啊，安谧、沉静、诗意、温馨。如果没有这样纯净的黑暗，那还叫夜晚吗？

忽然想起我的儿子这些生长在城里的孩子，他们出生在水银灯下，每一个夜晚都被明亮的灯光陪伴，他们不知道真正的夜到底是什么样子吧？或许，在他们心里，夜，就是灯火通明的喧嚣伴我入眠。

眼睛好似突然被刺了一下，窗外瞬间灯火闪亮，来电了。城市在灯光里恢复喧嚣的同时，满天的星光也在刹那间退到了七彩辉煌的灯光后面。

忽然为停电时的百无聊赖而自愧自叹。有这样一个停电的夜晚多好，让我重温童年的温馨，让我闲嚼文字的芬芳，让我领略到那久违的真正的夜色。

生活中，有时真的需要揿灭一下灯光，在没有污染的纯洁的黑里，静心品味。

飞过童年的小白鸽 🍃

几十年的人生历程,为我"传道授业解惑"之师无数,可记忆最深的,却是一位不知姓名的老师。

20世纪70年代,在我生活的那个丘陵地区,一个公社只有一个小学,穷困、坎坷遥远的路途以及当时农村人对教育的不很重视,让许多孩子上不了学。在我刚刚达到受教育的年龄时,生产大队将邻村一座废旧的祠堂腾了出来,做了校舍,周围几个村子的孩子终于有了就近上学的地方。

说是学校,其实只有一个班。几十个伢子挤在祠堂的大厅,课桌椅全是学生自家带来的,宽窄高低新旧不一,有的甚至是砖头土坯搭起的一块木板。

老师是大队书记领进来的,闹哄哄的教室突然安静下来。天哪,这不就是电影《林海雪原》中的"小白鸽"吗?皮肤那个白呀,眼睛那个大呀,眉毛那个弯呀。忘记了大队书记说什么以及何时走的,只沉浸在惊艳一瞥里。

"小白鸽"上课了,羞羞怯怯的,眉眼里有着一种忧郁。她先是给一年级的上,再二年级三年级,一直上到五年级。给一个年级讲课,其他年级的学生就不安心做作业,不一会儿,课堂就一片混乱。开始,"小白鸽"说两句还能制止,后来就不行了,有大学生还将小一点的学生弄哭。

"我看你们谁再哄!"冷不丁地就在门口出现一个留着"马桶盖"(当

时特有的一种像一个盖子盖在头顶的发式）的年轻人。他铁青着脸，怒目相向，伢子们像小土匪见了"座山雕"一般地安静了下来。以后，每遇"小白鸽"控制不住时，"座山雕"总适时地出现，以至伢子们闹腾前总要向门口侦察一番。后来知道，"小白鸽"和"马桶盖"都是下放知青，"马桶盖"是另一个知青点的。

"小白鸽"就住在祠堂的一间偏房里，木格子窗被她糊上了白报纸。记忆中，"小白鸽"特别喜欢我，是因为我学习用功？穿着比其他孩子整洁干净？还是其他什么？不得而知。那时父母分居两地，母亲带我在乡下。一次赶上农忙，母亲在地头挪不开身，放了学，我就被"小白鸽"领进她的房间。一床一桌一椅一灶，就是房中的所有。最显眼的，是桌上的一幅她穿着白裙子的照片。见我盯着照片看，她问："好看不？""好看，像'小白鸽'！"我答。老师的脸上立即飞起一片红云。

也就在那次，看见桌上有一叠方格子的纸，上面写着一行行长短不一的字。见我盯着上面认识的几个字看，她就说，这是诗。然后就拿起一张念给我听。已记不清诗的内容了，只感觉从她口中吐出的语言是那么的美，强烈地勾起我对那个叫诗的东西的欲望。我想，我后来对缪斯情有独钟，是不是从那一刻起就埋下了深情的种子？

母亲去县城见父亲，就将我"交代"给老师。晚上，窗格子有响动，睡眼蒙眬中，见一个"马桶盖"在窗外的月光下一闪。门好似是被月光推开的，一个白裙飘飘的身影消失在月色和我的睡梦里。

记得有两天，老师把自己关在房里任谁敲也不出来。再来上课，眼红肿得像两只桃子。后来大队书记就被公社民兵抓了起来，说是破坏上山下乡罪。据说，在他被关进公社的当夜，被"马桶盖"摸进去弄残了，"马桶盖"也为此也进了大牢。这事，在当时的三乡四镇成为轰动一时的新闻。

没多久，老师就真的在我的生活中消失了，就像那个夜晚，一袭白裙飘飘，像一只小白鸽，悄无声息地消失在月光里。

随即，祠堂里的学校解散，学生被并到了公社小学。

我经常后悔，我竟然不知道我的启蒙老师的名字。我更不知道她现在何方、过得怎样？她是否还愿意回首那沧桑岁月，是否还能记起，在她短暂的教师生涯里，还有我这样一个学生？她就像一只小白鸽，飞过了我童年懵懂的天空后再无音讯，让我在多年后今天，用她教会的文字写着对她的祝福与怀念。

古槐树下

一

这是一个偏远的山区小镇，仅有的一条青石板铺就的路在镇中横穿而过。镇口，有一棵不知多少年月的古槐，古槐的对面，是一所小学。每天清晨，人们总见老人挑着一副饺面担子来到古槐树下，孤独且默默地守候着，直到傍晚离去。

那是一个残戾的冬日，寒风卷去古槐树上仅有的几片残叶，树下的老人不由将那张多宛如槐树疤结一般的脸，朝衣领里缩了缩，并揉搓着冻僵的双手。

"你冷吗？"

突然，一个童音在他的身前响起，老人不由得一愣，抬起头来，见一个七八岁的男孩站在他的面前，一双清澈的眼睛探寻地望着老人。

"噢，不冷、不冷。"老人的心中蓦然感到一丝温暖。这时，他看见男孩的手中拿着一快啃了一半的干馒头,便问道:"放学了,你怎么不回家吃饭?"

男孩犹豫了片刻,答道:"我家在好远的城里。"

"那你怎么到这儿来的呢?"老人好奇地问。

男孩清澈的眼里飘过一丝忧郁,他垂下眼帘,迟迟疑疑地说道:"我爸爸不要妈妈了,妈妈经常上夜班,不好带我,就把我送到舅舅家,舅母说村子离这个学校远,就叫我带了馒头,中午不要回去了。"

老人的心中涌起一种酸酸的感觉,他赶忙将男孩拉到身边,拨大饺面架下的柴火让孩子取暖,说:"爷爷给你下碗水饺。"

"不,我有吃的。"

男孩坚决地拒绝着。老人只好倒了碗开水给他。

"爷爷,你怎么不回家呢?"男孩啃着馒头忽然问道。

老人似乎颤了一下,他望着孩子单纯的眼睛,缓缓地说:"爷爷只有一个人。"

男孩不解地望着老人,好半天,才小心翼翼地说:"那我天天中午来陪爷爷好吗?"

"好、好。"老人由衷的高兴。

从此,打镇口经过的人们,便常看到古槐树下那一老一小在一起的身影,而那老人脸上的皱纹似乎也逐渐地展开。

——"爷爷,这棵树死了吗?"

——"没有,它只是老了,到了春天,它会长出好多好多的叶子的。"

二

时光平静地流淌,老人开朗的笑声和孩子清纯的笑声时时碰响中午的阳光。而老人也比以前来得更早了,走得也更迟。清晨,他目送着孩子走进校门。傍晚,他又目送孩子幼小的身影没入远方的田野。

一天中午,当男孩像往常一样走到老人的面前时,他发现孩子的书包被撕裂了一块,脸上也有一道浅浅的伤痕,他关切地问:"怎么了？"

"他们打我了。"孩子抹了抹红肿的眼睛。

"他们干吗打你？"老人为孩子整理着凌乱的衣服。

"他们说我是个没人要的孩子,是个野种。"泪水顺着孩子的眼角,扑簌簌地流了下来。

老人长叹了口气,紧紧地拥着孩子。

下午,人们看见老人气冲冲地跨入了从未走入过的校门,之后,孩子们知道了,门口的老头是那个远方来的男孩的爷爷。

三

又是一个平常的日子,老人早早地来到古槐树下,等待着孩子的到来。可是,上课的铃声响起了,也没见到男孩的身影。

阳光逐渐缩短着古槐树的阴影,老人焦急不安地等待着。

直到中午放学了,老人才惊喜地看到从远方跑来的男孩。而男孩的身后,跟着一位神情忧郁的女人。

"爷爷,我知道你一定在等我。"男孩扑到老人的怀里,眼泪流了出来。

"哎呀,怎么啦？"老人吃惊地蹲下身子,望着孩子又望望孩子身后的女人。

"我来接他回去。"那女人低低地说。

"接他回去？"老人愣住了,他明白了眼前的一切,但他似乎不能接受这个事实。

"爷爷,我要回去了,以后不能来陪你了。"

孩子抽泣的话语,让老人鼻子一酸,老人的眼里立即噙满了泪水,"回去好,回去好。"他连连说着,并给男孩擦去脸上的泪水。他想起什么,站起身对女人说道:"我下碗水饺给孩子吃好吗？这么多日子,他从没吃过一口。"

女人点点头。

老人迅速地下好满满的一碗水饺。看着孩子一口一口地吃下，老人偷偷地抹去眼角混浊的泪水。当他得知孩子明天早晨才离开时，便向女人请求道："让孩子明天一早到我这儿来一下，好吗？"

女人又点点头。

第二天清晨，当孩子赶到镇口，却不见老人的身影。古槐树那遒劲的枝杈在风中发出呼呼的声响，使男孩感到无比的孤独与心伤。他默默地等待良久，然后，从身上的书包中拿出纸和笔，一笔一画地写下几个字，将纸折叠好用一块石子压在古槐树下，恋恋不舍地随女人离去。

四

风，渐止了，早晨的阳光抚摸着古槐树饱经风霜的苍老身躯。这时，老人匆匆来到了树下，可他没能见到男孩，在盘根错节的树根旁，他捡到了孩子留下的纸条。

没过多久，老人就离开了这个世界。人们在老人的枕边发现一个包裹，打开来，里面是一只非常漂亮的书包和几本连环画——那是老人连夜翻山越岭到附近的一个县城去买的。

在安葬老人的时候，人们又发现，老人的手中紧紧地握着一张纸条，那上面写着："爷爷，我走了，我好想你啊。"

第二辑

闲散时光

风乍起，吹皱一池春水。几只黄绒绒的小鸭从柳条下穿出，叽叽喳喳地说着童趣，像一篇春天的美文中快乐的动词。

春光乍泄

一池春水

在阳光暖暖的润泽下，这一方沉寂的池塘渐渐生动起来，像一块美玉，镶嵌在岁月的衣衫上。

塘在山脚之下，有溪注入。一场春雨过后，被冬消瘦了的身子开始丰腴，像一位二八少女，渐显身材的婀娜。婀娜的还有塘边的柳，弯下身子，在清清的池水里梳洗她芊芊的秀发。

有垂钓者静坐柳下，像一位入定的禅者，他以一份闲散的心情，等待那条活蹦蹦的春天，压弯那杆伸向季节深处的玉竹。

更闲散的是一条水牛的蹄足，毫不经意地，在酥软的土地上描下一朵朵梅花的水墨。经过池塘时，它一定是突然感觉到了口中青草的多汁，"哞"的一声快乐，惊飞了树上的两只黄鹂。

有牧童横坐牛背，手中的柳条儿轻摇，渐行渐远中，似有笛音传来，袅袅地隐入山黛雾霭。

静谧之中，一树桃花水边绽放，她们把美丽打开的细微之音，还是惊动了三两只多情的蜂蝶，他们要把春天酿成爱情的甜蜜。

风乍起，吹皱一池春水。几只黄绒绒的小鸭从柳条下穿出，叽叽喳喳地说着童趣，像一篇春天的美文中快乐的动词。

有捣衣声从对面传来，山摇水晃，柳摆花颤。青石板上，一位穿红袄的少妇，在池边蹲成春天画卷中最炫目的色彩。她顺风抖开一副鲜艳的床单，人间的春天就呼啦啦地展开在我们面前。

一帘烟雨

春雨霏霏，在窗外扯起一道雨幕。望着窗台上溅起的水花，耳边响起一首老歌："三月里的小雨淅沥沥沥沥、淅沥沥下个不停，山谷里的小溪哗啦啦啦啦、哗啦啦流个不停。小雨为谁飘，小溪为谁流，带着我满怀的期待……"

一场缠绵的雨，黏滞了春天的脚步。在沿江江北的这座小城里，我盼春的心情同窗外含苞的桃花一样急切。正是"草色遥看"的时节，眺望远方，似见绿意涌动，想那湖堤江岸，该是柳色如烟了吧。

心中在想，这时候如果是在江南，坐在飞檐翘壁的花格窗下，看雨水沿青黛的瓦沟顺檐而下，在廊下串起一条条水晶珠链，也该是别有一番情致的。或许还可看见，一位撑着油纸伞、穿蓝底白花的女子，在戴望舒的雨巷里走过，散发着丁香一样的芬芳。

探春的欲念像朝南墙角那丛露头的小草，虽被风雨阻挡，但仍按捺不住地绿了心情。在芳草青青的心境里，二月的雨是不恼人的。

"沾衣欲湿杏花雨，吹面不寒杨柳风。"春雨飘飘的时刻，可以凭窗临风，在一片潮湿的氤氲里，让每一根张开的毛孔感受春天的气息。"闲门向山路，深柳读书堂。"春雨绵绵的光阴，最适合翻开一两卷唐诗宋词，让平平仄仄的雨声，为时光添加诗情画意的韵脚。"终日昏昏醉梦间"，"偷得浮生半日闲"。春雨霏霏的日子，也可以坐在窗口，听着雨声，什么都不想、什么都不做，只凭心中那根返青的藤蔓颤颤悠悠地向上缠绕。

"小楼一夜听春雨，深巷明朝卖杏花。"眼前这随风潜入的这些水精灵，润了土地，润了禾苗，更润了心田。深夜，听雨点敲打窗棂切切声，似是要告诉,一个春光明媚的日子,正在三月的路口等我。

一树桃红

像一位怀春的少女,把小小的心事敛成粉色的花骨朵儿。站在向阳的山坡,顾盼斜睨那条朝南的小路。

"天街小雨润如酥,草色遥看近却无。最是一年春好处,绝胜烟柳满皇都。"那穿青衣的翩翩春公子,你为何步履迟迟,可知一树桃花为你的守候?一位乡间女子的春色,已胜却皇宫后庭的万千粉黛。

或者是,坐在烟雨蒙眬的窗口,托腮凝眉,让一抹胭脂悄悄地飞上玉白的脸颊。画面应是黑白的主调,像一部老电影,在岁月的银幕上放映。有音乐响起,是留声机的声音:"春季到来绿满窗,大姑娘窗下绣鸳鸯……"

二月春风似剪刀。春风这位剪辑师,了无痕迹地将季节切换。时光斗转,满屏生辉。一部叫《春天》的爱情大片就在天地山河间上映。桃花开了,开在春天的高潮处,抑或是,把春天开向高潮。

起先一定是羞怯的,一点一点地打开心事,一点一点地绽放情愫,把初开的情窦,藏在墙角屋后,掩在林间丛中。随即是迫切的,在和风传来的暖意里,在空气中流淌的蜜意里,花枝乱颤。最后,终在阳光的拥吻下,把最纯最真最美最鲜艳的爱,交给春天。

一树桃红,一树少女的芬芳,在她炙热浪漫的爱情里走过,谁还能把持住自己心中的春意。

春意

　　撑不住，再也撑不住了。端着面孔的季节，在一场细雨和风的爱抚下，终于融化满脸的冰霜，一朵粉红的笑猝然绽放在阳光下。

　　知时节的好雨，把天空洗蓝，把鸟语洗清越，把冻结的土地洗松软，软得像一床新弹的棉絮。

　　小草就从睡梦里醒来了，叶芽儿就在枝头写嫩绿的希望了，而花骨朵儿就像怀春的少女，羞涩地摇摆在风中，要向翩翩的蝶儿打开爱情。

　　这时刻的绿色就像火焰，它从遥远的天边一路燎到眼前，从山脚一路燃到山巅，直到暖暖的、小小的火苗，把每个人心中的诗意点燃。

　　"春眠不觉晓，处处闻啼鸟，夜来风雨声，花落知多少。"这个时节，坐在案前是写不出好诗文的，也辜负了一片春光。脱下沉重的冬装，释下负重的心情，放足原野，流连山川，拥抱大自然，让草叶为文章润色，让花瓣为诗句韵脚，那放浪脚步的每一次迈动，都踩在长长短短平平仄仄的词句上。

　　春天是纤柔的，从草色遥看，到润物无声。春天是庞大的，桃花的大军从南方揭竿，她们攻城掠寨，不管是简约的乡村还是繁复的宫廷，都要插上粉色的旗幡。春天是浪漫的，"春风有意艳桃花，桃花无意惹诗情"。

　　这时候如果你已走出户外，你就会在一朵萌动的春情前把持不住，站不稳脚步；你就会在一场抚背的温柔里突然感觉轻松，有一种飘起来的感觉；

你就会在一条岁月的路口，看见一些把酒买醉的身影；你只需稍稍弯一下腰，就可以捡取五彩缤纷、缭乱眼花的意象与灵感。

有人比喻，把春这个字从口中说出，要把嘴噘成吹口哨的形状、用耳语的声音。多么贴切而富有诗意的比喻。让我们在春天的原野上吹一曲清脆悠扬的口哨，看"满树和娇烂漫红，万枝丹彩灼春融"。

梨花开

杏花羞怯，桃花艳丽，而梨花素洁。面对一朵杏花，你的心里或许有春情萌动。面对一枝桃花，你的胸中或许会升起一种浪漫的情愫。而当一树梨花开在你的面前时，你会不由自主地产生一份珍惜与怜爱。

"洛阳梨花落如雪，河边细草细如茵。"梨花纯白如雪，那一树洁白的梨花绽放开来，仿佛就是一位纯净的女子，楚楚动人孑然而立，让你陡升圣洁之感。

"院落沉沉晓，花开白云香。一枝轻带雨，泪湿贵妃妆。"在文人墨客的眼里，梨花宜群植而远瞻。一夜春风至，万树梨花开，那真如天上的白云飘落在田野山坡。风过花涌，淡香入息，清新怡人。多愁善感的才子骚客们又觉得梨花最宜雨后观赏，因梨花洁白而清艳，故常以之来比拟楚楚动人的女子。梨花带雨，若美人落泪，真是让人心痛爱恋呢。

白居易在《长恨歌》里以"玉容寂寞泪阑干，梨花一枝春带雨"来形容贵妃杨玉环的泪姿,仿佛春雨落梨花,其景实在艳美。这也应是描写"梨花带雨"这样一种意境最美的诗文了,后来欧阳修等人虽有"三月芳菲看欲暮,胭脂泪洒梨花雨"的名句,但字里行间失了清秀之气,多了脂粉味儿。

"弹到离愁凄咽处,弦肠俱断梨花雨。""寂寞空庭春欲晚,梨花满地不开门。""欲黄昏,雨打梨花深闭门。"翻读古人梨花诗句,总是寂寞伤感多于明媚快乐的情怀,想那些青衫长袍的前人们,恐是太过于为赋新词强说愁了吧?

忽然就想起一首苏联的歌曲《喀秋莎》来:"正当梨花开遍了天涯,河上飘着柔曼的轻纱。喀秋莎站在峻峭的岸上,歌声好像明媚的春光……"战争年代,凄苦几何? 然而,年轻的女孩喀秋莎面对开遍天涯的梨花,没有梨花泪,只有保家卫国情,何等的青春美丽,何等的热情奔放?

梨花真的不是矫情种、伤感物。某个春日,当我在与一树梨花猝然相遇在垄畔,那一蓬纯洁灿烂的笑,就将我心中最美丽的春天呼啦啦地打开。仿佛一位明眸皓齿的白裙女子,在原野上快乐地起舞,明媚、阳光,而炫人眼目。

"梨花开,春带雨;梨花落,春入泥。"且趁梨花开,惜取这段人生的好春光吧。

春到山野小蒜香

仲春时节,草木茂长,那隐忍了一冬的野蒜儿也蹿出土层,与百草竞荣。它们或是成片成丛地簇拥在坡地河畔,或是三两零星地散落在田间地头,一抹绿意俏然在春风。

　　是挖野蒜的好时节。野蒜不似荠菜、马兰头等野菜儿难觅，瘦长青翠的身影极易被童年的眼光发现，往往不到半天的工夫，就可挖回满满的一篮。回家，母亲将蒜苗间的枯叶草枝拣去，在塘中洗尽泥土，再用井水一浸，一把把小野蒜儿叶绿根白，煞是水灵。

　　野蒜腌在坛中，是做小菜吃的。吃稀饭时，从坛中掏一把，起胃口。特爱吃母亲在饭锅里蒸的盐野蒜儿，淋上几滴麻油，特别的香。

　　后来偶读白居易的诗句："望黍作冬酒，留薤为春菜。荒村百物无，待此养衰瘵。"才知，古人称野蒜为薤。查资料，野蒜又名薤白、小根蒜、山蒜、藠头、菜芝等。我最喜爱的称呼，当是"薤白"，似乎与那白白嫩嫩、晶莹圆润的野蒜头儿十分地契合。

　　"今朝春气寒，自问何所欲。苏暖薤白酒，乳和地黄粥。"诗中得知，原来古人也是就野蒜喝稀饭呢。

　　幼时挖野菜，经常是邻家一个稍大两岁的姐姐领着我们几个伢子挖。在我眼里，野蒜，像极乡下人家的女娃儿，清清秀秀的，穿着洗白了的碎花衣衫，行走在垄上。薤白薤白，读着这样的称呼，那童年的回忆便有点诗意的味道。

　　"盈筐承露薤，不待致书求。束比青刍色，圆齐玉箸头。"杜甫的诗中不但对小野蒜儿进行了形象生动的描述，说它的茎叶翠如青草，根茎仿佛玉筷头般的圆润洁白。还说那带露的薤白在他隐居的茅舍边随手可得，不必致书向人求。

　　记得十几年前，我居住的楼房对面有一条河流和一片养鱼塘，春暖花开的日子，一家三口散步时，曾在河边及糖埂上发现丛丛簇簇的野蒜。那是我记忆中最后一次挖野蒜。之后，城市的快速发展，那片河塘地早被开发成了市场和小区，想在这葱茏的春天里吃到那土生土长的野蒜儿，还真的要"致书求"呢。

　　那天在超市里转悠，偶然发现架上的玻璃瓶里装着玉粒般的小蒜子儿，拿起一看，瓶上标着"野薤"字样。天哪，这不就是我喜爱的薤白吗？买回家,急急地打开一尝,甜不啦叽酸不溜秋的,没一点"野"味儿,真是失望之至。后来知道,这小野蒜儿也有大棚养殖了,怪不得失了风吹日晒雨打露润的乡野气息呢。

"衰年关鬲冷,味暖并无忧。"野蒜,性味辛辣,具有行气导滞、通阳散结的功效。在这个春天里,早早致书乡下,渴盼着乡人给我送来一坛小野蒜儿,解一解腹中的"相思",暖一暖乡情的"关鬲",顺一顺久居都市的"滞结"。

春到四月柳如诗

"碧玉妆成一树高,万条垂下绿丝绦。不知细叶谁裁出,二月春风似剪刀。"这是脍炙人口的唐代诗人贺知章的《咏柳》。诗中二月,现阳历三月,正是暖风拂面,草长莺飞,柳叶发芽,柳絮飘扬的好春光。

这时,只要你走出户外,放眼处,皆可见柳的身影。或是一株两株,茕茕孑立在垄间埂上;或是三五成群,在坡头山脚摇曳风姿;河边湖畔,更常见它们秀发芊芊、凭水浣洗的倩影。柳,就像是散落在田野山水间的民间女子,触目皆是她们美丽的身姿。

二月柳打苞,三月柳丝飘。而我认为,柳的极致处,是在四月。

这时节的柳,已脱去嫩黄,但还未及青绿,柳叶儿也未生到丰盈处,像一片片纤巧透明的翡翠,润泽而玲珑剔透。叶形儿又像极古装戏中花旦脸上的一道蛾眉,让人徒生许多爱怜。记得年少时看章回小说,每遇芊芊美人出现，为文者总有眉似初春柳叶、腰肢若比章台柳之喻，引我无限遐想。

"半烟半雨江桥畔，映杏映桃山路中。会得离人无限意，千丝万絮惹春风。"因"柳"与"留"谐音，在汉语语境里，柳成了缠绵情感的负载体、离情别意的寄托物。柳的意象里，平平仄仄地填满了难舍与怀念。长亭外，古道边，或恋人相送，纷飞的柳丝，乱了多少心绪？或友人分别，拂面的柳条，寄寓了多少离情？正是，"天下伤心处，劳劳送客亭。春风知别苦，不遣杨柳青。"

今日一别，不知何时与君见？当今时代，已很少有此伤叹。交通工具与设施的飞速发展，即使是相隔在地球的两端，只要愿意，也可一日相聚言欢。因此，现代文字中，柳已少了几多伤感，尽添几分春意。

最起码，柳在我的记忆里是快乐的。比如童年时，折一根青青的柳条，用衣角裹住柳条根，使劲往前一捋，柳皮及柳叶便在柳条头结成一团绿色的绣球，然后挥舞着它，在被油菜花香淹没的田埂上奔跑。或是折一截柳，褪出皮儿，制成柳哨，或在田间地头挖捡野菜时，或是横坐在牛背上，一路叽叽啾啾地吹着无谱的春天。即使是成人后，久寓钢筋水泥城堡中的枯燥心境，也在一次次与柳的亲近中得以返青。

"昔我往矣，杨柳依依。"四月里，阳光明媚，这时刻的山川原野正是桃红花黄，柳翠如烟。何不给心情一次放飞，让思想一次远足，在桃红柳绿的深处，捡取几缕生活的诗意？此何等快哉。

"一簇青烟锁玉楼，半垂阑畔半垂沟。明年更有新条在，绕乱春风卒未休。"一棵柳，和一份飞扬在春光里的心情，总在春风吹起时，年年为我们守候。

挥霍春天

有一句古训:春宵一刻值千金,喻春光之宝贵。一刻千金,用一季三个月来计算,该有多少金,怕要堆满一屋子了吧。忽然想,这么多的"金子",咱又不是葛朗台,守着何用?

时光本是守不住的,你珍惜也罢、你浪费也罢,它都要从你的身边溜走。不是有诗言:"花堪折时直须折,莫待无花空折枝"吗?面对这"大把"的春天,我们还是好好地消费,享受一下春天吧。

你看,草泛青了,叶透绿了,花儿开了,阳光暖了。停下我们匆匆的脚步,学古人"浮生偷得半日闲",去探访一下春天吧。春天就离我们不远啊,它在湖畔堤旁以徐徐的暖风熏人,它在农家小院粉红着小脸探头张望,它在田间地头蝶舞翩翩,它在广袤的天空白云悠悠……放心大胆地窃取春光吧,让我们恣意纵情,消费那美好的心情。

也可以坐在窗前,把一簇嫩绿的春光泡在杯里,在杯口氤氲的雾气里,看窗外的枝叶婆娑,听枝头的鸟鸣啾啾,观人间的喧嚣繁华,思人世的真情永恒。轻啜一口,春天的芳香就顺嗓而下,涤尘润心,清朗逸人。

春天,本就是个挥霍的日子啊。

在原野拈花惹草,没有谁会说你是孟浪之人。在河岸拂柳戏水,没有人会说你是纨绔子弟。在茵茵草地拥抱春光,没有谁会说你纵情声色。在葱郁的山坡放声高歌,没有人会说你放纵轻狂……

从人生中提取一段春光吧，给心情一次放飞，给生活一次放松。请别在春晨降临，留下花落多少之叹。请别在春夜过后，留下良宵虚度的哀伤。

桃花开过

在我眼里，桃花是春天最艳丽的一抹色彩。迎春、玉兰、杏花，都开在了桃花的前头，向人间报道着春天的到来。但把春天营造得热烈、浪漫，而富诗意的，还数桃花。没有桃花的春天还叫春天吗？

红杏出墙的时候，桃花还像青涩的少女，羞怯地打着朵儿。草色遥看，柳絮纷飞，桃花那小小的心事虽托付春风，却只有那跳跃的阳光读懂她的羞涩。等穿柳的南风拂面不寒，等三月把一场缠绵的思念淅淅沥沥地飘洒，桃花这才酡红着脸颊，背依一片阳光露出她浅浅的笑靥。

最先看见她窈窕身姿的，是在江南的水边。满河的水，已被春天酿成了琼浆，有经年的老柳不胜酒力，在水边踉跄。而桃花，也好似微醺的女子，或轻倚湖石，或斜靠岸堤，醉眼蒙眬，顾盼流眄，早倾倒一片春光。

随后是在向阳的山坡。不再是河边水畔的茕茕孑立，而是三五结伴，甚至是成群结队。风过，似乎可以听到她们相互的嬉戏，话题应该是永恒不变的春天与爱情。

"桃花浅深处，似匀深浅妆。"桃花，春天最风情的女子，在岁月的T形台上，她们轻挪红裙，婀娜摇曳，让多少风流的目光一见倾心。

首先要提的，当然是多情的崔护，"人面桃花相映红"是一幅多么动情的画面，即便都城南庄里的"人面"今已不知何处去，那千古的桃花依旧笑春风。

也有孤独如白乐天者，面对桃花灼灼，却寂寞吟唱："村南无限桃花发，唯我多情独自来。日暮风吹红满地，无人解惜为谁开。"为谁开？自然有人答："自从一见桃花后，直至如今更不疑。"

更有唐寅的癫狂："酒醒只在花前坐，酒醉还来花下眠；半醒半醉日复日，花落花开年复年。"

所谓落花有意，流水无情，再美的绽放也有凋谢的时日。还是那孤独的白居易，在"人间四月芳菲尽"的日子，心头恼着"春归无觅"时，却不知不觉转入大林寺，恍见"山寺桃花始盛开"，其喜悦之情当解桃花为谁开了。

即便是山里的桃花为诗人开到四五月，但花将落时还须落。如同青春的容颜，无论我们如何珍惜把握，它终将在时光里渐渐老去。

但桃花终究在我们的岁月里开过，描绘出最绚丽最浓烈的春天，永远值得留念与回味。

红了樱桃

推开家门，眼前一亮。见餐桌上的玻璃碟中盛着一盘樱桃，一颗颗清新鲜艳，剔透玲珑，真正是赏心悦目。拈一颗放入口中，甘甜而微酸，鲜美无比。

想起一首樱桃诗："四月江南黄鸟肥，樱桃满市粲朝辉。赤瑛盘里虽殊遇,何似筠笼相发挥。"古时四月,即今阳历五月,值春夏交替,正是樱桃成熟之际。想那向阳的山坡或是清流涓涓的水湄,那绿叶婆娑的樱桃树已是点点红艳缀满枝头了。

樱桃在水果中结果最早,有"百果第一枝"的美誉。只是不知道它是不是水果中"形体"最小的,反正是我阅历所见最"娇小玲珑"的。其小如大号的珍珠,圆润光洁似玛瑙,温润清新如美玉,实是惹人怜爱。在一颗红润鲜艳的樱桃面前,让人不免联想到那些青春可人、娇小玲珑的女子。

曾经看过一幅中国画,清洁的画面上方,是几颗悬垂的樱桃,红艳艳的,似要跳出纸页,樱桃下,是一仰首的素衣女子,只那唇上的一点红,似要与那樱桃轻吻。简洁的画面,却诗情洋溢,让我在欣赏之余,想起青春,想起爱情,至今仍耿耿于怀。

后来又看过几幅油画或水彩描绘的樱桃,不是太写实,就是太印象,失了樱桃的光泽与神韵。

把物赋予情感、意境,此物便非此物。比方樱桃,在我写下这些文字时,它已脱离一个简单的被啖食的水果的地位,摇身为美的化身。比如面对白石老人的樱桃图:一只小篮,十几颗鲜艳的樱桃。你哪里会有馋涎欲滴的感觉,充溢胸间的,只是乡野的气息、春天的气息、自然的气息,是如酌人间大美之享受。

有一首民歌唱道:"樱桃好吃树难栽,不下苦功花不开。"我不是农人,不知道樱桃树是不是难栽,但知道在商周时代的古墓中曾发掘出樱桃的种子。《礼记》中也有"仲夏之日以会桃(樱桃)先荐寝庙"的文字,即是说,在三千年前,樱桃即被作为向朝廷进献的贡品了。据说鸟雀,特别是黄莺,喜欢啄食樱桃果,樱桃是有"莺桃"之称,也故有诗人的"黄鸟肥"之吟。樱桃挂果期短,又遭鸟啄虫食,是为其"难"吧?就像美好的事物,比如青春、爱情,总是稍纵即逝,让人备感珍惜。

"鸟偷飞处衔将火,人摘争时蹋破珠。可惜风吹兼雨打,明朝后日即应无。"樱桃凋谢时,春也将去了。看着案上的一盘樱桃,不免心存留恋。于是想,在喧嚣的时光里偷一点闲,仿那青衫宽袖的白乐天,乘一叶小舟,"黄柳影笼随棹月,白苹香起打头风。慢牵欲傍樱桃泊,借问谁家花最红?"

桃,乡情的味道

在六月的路口,突然就看见了她。红着脸颊,浅浅地笑着,猝然间,把一股乡情从心头勾起,就像在步履匆匆的大街上,与满脸红晕的乡下表妹迎面相遇。

桃子,圆圆的、青青的、羞羞的、涩涩的桃子,就在路边的两只柳条筐里,朝我张望,似要喊出声来,似要从柳条筐里蹦出来,迫切的样子。

不由自主地停下了脚步,在她们的娇羞面前蹲下身子,把几个最水灵、最诱人、最红润、最急不可耐的乡情带回家。

几只桃子,虽比不上案头那盘荔枝的高贵、那碟梅子的娇嫩,却散发着青青的却又浓浓的乡情,让我喜,让我爱。

被城市的森林湮没了脚步与身影,一次次错过看桃花的季节。想起很久以前的一个春天,在满山坡的桃红里徜徉,迷了眼,醉了心,醺得脚步跟跄,撩起诗意飞扬。想起桃树下的殷殷盛情:"过些日子来吃桃啊。"一定一定的回答变成了遥遥无期寥寥无音。

水里洗着桃,又想起更远的儿时。打草砍柴的间隙,一伸手,就可在绿叶掩映的枝头摘下两颗野桃,或在衣角蹭上两蹭,擦去面上的绒毛,或在溪头塘畔稍作搓洗,然后就让一张小嘴嘎叽嘎叽地嚼着酸酸甜甜的六月。

故乡的村落里,屋前房后,总有三两棵桃树。花自开,果自结,谁也不把她们看重,却生命力旺盛。年年花开美乡村,岁岁结果奉堂前,像极乡间生长的女子,散落寻常百姓家。

华夏大地,民风淳朴。桃子成熟的季节,你若正打庄中行走,哪怕你是偶行的过客,也满可敞开你的肚皮大饱桃之美味,一个"谢"字就是你要付出的最好价钱。要是你正好路过一处桃园,那你可得准备好物件,好带走塞了你满怀的、又大又红馥郁的乡情。

现在,这走入城市的乡情,就端放在我的面前。拿起一个最大最红润的,轻轻地咬一口。哦,故乡的味道,如此的脆、如此的甜、如此的美,从唇齿,到喉嗓,直润心田。

回望春天

站在窗口朝大街上看。性急的年轻人已是一身"短打",姑娘们身上的裙衫更是薄如蝉翼。夏天的到来如此之快,像一只无声而迅疾的猫,突然就蹿到了眼前,让还低头沉溺在春天里的人有点猝不及防。

不知是天气燥热的缘故,还是情有不甘,心里生起春天的闷气来。感觉这春天是越来越不负责任了,竟这么将色彩东一笔西一画地涂抹几下,就风风雨雨地走了。

我知道,春天的匆匆逃离自有她难言的苦衷。不远处的工厂区正一片烟雾笼罩,下面的街面上车水马龙,陡然升高了空气、季节,乃至情绪的温度。

好在窗前的樟树绿影正浓,街边的草坪茵茵繁茂,楼角的花坛月季正红。于是,就在映入眼帘的一朵石榴花的火红里,把春天回想。

现在的春天,更像是一场初恋,在懵懵懂懂中到来,在迷迷糊糊中离去,你甚至没来得及同它勾一勾手,更甭说拥抱亲吻,它就离开了你,把你丢在一份伤感里独自留恋,而倍觉其美好,以至,为自己当时没能很好地把握那份爱,陷入深深的自责中。

"有花堪折直须折,莫待无花空折枝。"人生匆匆,有多少个春天可以让我们错过?回首走过的春天,我们到底留下了多少美好的记忆。或是因为无知,或是因为学习,或是因为工作,或是因为家庭……太多的原因、太多的理由,让我们错过了一个又一个开花的日子。而更多的可能是麻木,让一个个花枝招展的春,在我们的眼前失望地走过。

春天里,曾有几次踏青活动,单位里一位女同事总以孩子小刚上学为由推脱,我想,当她的孩子问她春天是什么样子时,她的描述不会比孩子识字本上的图片与文字漂亮。而日益恶化的环境、污浊的空气,所带来的温室效应,不但使春天失去了许多天然与野趣,更让春天成过隙之驹,让我们这些成年人也难以把握驾驭。

"今年花落颜色改,明年花开复谁在。""年年岁岁花相似,岁岁年年人不同。"在春天还保持本真的年代,蛾冠宽袖的古人就曾写下多少惜春的诗句?"一年之计在于春",更提醒春天的宝贵、时光的重要,于是有"春宵一刻值千金"之说。

想起《红楼梦》里黛玉《葬花吟》中的诗句:"怪奴底事倍伤神,半为怜春半恼春。怜春忽至恼忽去,至又无言去不闻。昨宵庭外悲歌发,知是花魂与鸟魂。花魂鸟魂总难留,鸟自无言花自羞。愿奴肋下生双翼,随花飞到天尽头。"

现代社会,虽少有黛玉的伤春惜情之叹,但春天稍纵即逝,倍增春之可贵。

我所居住的这片小区,正建在一片曾经的农田上。想当年麦苗儿青翠、油

闲散时光
第二辑

菜花黄的绚丽春天哪里再寻？城市越来越大、越来越高，连飞鸟也难以带来春天的讯息。春天对于我这样生活在钢筋水泥城堡里的人来说，应尤为珍惜。

且趁春光下江南

春天，是江南最美的时节。细雨斜风，草长莺飞、桃红柳绿，山清水秀。在这春日融融的日子里，去江南水乡寻古访幽，感受江南丁香花一般的风情，别有一番韵味。

江南多水，那一道道或细长或蜿蜒的河流，像一条条闪亮的银带，将掩映在青山绿水间的一个个古老的村镇连系住。江南多桥，那一座座造型别致各具特色的石桥，像一道道落在水波上的彩虹，把古老的街巷连接。

河岸边青石板的老街长弄，水面上桨橹欸乃（ǎi nǎi）的小舟，门楣上古朴的石刻，窗棂上精致的木雕。无处不透露昔日的繁华，无处不显示时光的魅力。

"千里莺啼绿映红，水村山郭酒旗风。南朝四百八十寺，多少楼台烟雨中。"吟咏杜牧的这首《江南春》，那些被烟雨浸润的历史与传奇一一浮在眼前。

贪图奢靡享受，隋炀帝下江南，却被部将杀死，让大隋成为一个短命的王朝。可以说，是江南的声色，倾覆了一个暴戾的朝代。

懦弱的宋高宗偏居临安，在"西湖歌舞几时休中"不思靖康耻、难灭臣子恨，只把一管狼毫涂抹江南的绵柔。

而康熙、乾隆分别六下江南，在民间演义出多少风流韵事、传奇佳话。

"堆金积玉地，温柔富贵乡。"但江南的底蕴终究在民间。是温润的风花雪月给了江南一种意境，是缠绵的雨露雾岚给了江南一种韵味，是缥缈的晨钟暮鼓给了江南一种禅意，是白墙青瓦小桥流水给了江南一种文化与历史的积淀。

"江南佳丽之地，风声文物，与其才情互相映带。"从古至今，歌咏江南的大量文学作品构筑了中国人想象中的江南，为江南增色。而广为传颂的才子佳人的佳话，则是对江南文化底蕴的一种修饰与赞美。江南文化如春雨细腻绵长，江南文化如山水充满画意诗情，江南文化在中国文化中虽只是"半亩方塘"，却见"天光云影共徘徊"。

"春未老，风细柳斜斜。试上超然台上看，半壕春水一城花。"江南的春天是不会老去的，在春天明媚的阳光下，"休对故人思故国，且将新火试新茶。诗酒趁年华。"

江南本就是一盏新茶、一壶美酒，以醉人的芬芳为我们守候在水一方。且趁年华，且趁春光，让我们下江南。

江南

"杏花春雨江南，骏马秋风冀北。"如果把北方比作一位彪健的汉子，那么江南就是一位婉约的女子。

俗话说，女儿是水做的骨肉。江南之美，首先在于水。水，是江南的一大特色。你看，那一条条河流蜿蜒飘逸，宛如女子身上缠绕飘舞的裙系，勾勒出江南窈窕的身姿；那一面面亮丽如镜的湖塘，仿佛女子腰际悬挂的玉佩，妆点出江南温雅的风情。

去江南，最好是坐船去。这样，你才能深入地领略江南水乡的韵味。桨橹欸乃，水波荡漾，一叶小舟会载你到想要去的地方。

江南水乡是原始和古朴的。当我们从拥挤的现代生活里逃离出来，江南仿佛一位清雅极致的女子，在水一方为我们守候千年，让一颗颗沧桑之心时空穿越。

你可以在一所深宅大院的门前泊船，听一听富甲一方的传奇，或是与鸿儒交谈，洗涤蒙尘的心智。你也可以在一户柴扉轻掩的农家小舍停舟，看红杏出墙，或是与粗布农樵话桑麻，叙述农历里的乡事。

轻摇的桨橹也会将你泊在一家红灯高挂的酒楼前，那金字招牌上斑驳的油漆，有一种岁月的魅力，它吸引着你抬步跨上青石的门阶。八仙桌，太师椅，白瓷杯，蓝花盏。一落座，虽西装革履，心中也有长衫的飘逸。红酥手，黄藤酒。即使是一杯愁绪，也饮成侠客骚人的万古情幽。

当然，你也可以夜泊客船，看江枫渔火，听夜半钟声，枕着唐诗宋词的意境入眠。

"江南好，风景旧曾谙。"面对白墙黛瓦，远眺青山绿水，你会有一种宿世的感觉。那桃红柳绿掩映下的瓦舍，仿佛留下过我们童年的履痕；那小桥流水连接着的门扉，仿佛就是曾经生活的家园。

"人人尽说江南好，游人只合江南老。"在那禽戏平塘、莺鸣嫩柳的河岸，在那藤蔓攀缠、丁香飘荡的幽深小巷，在那一抹夕阳染红的马头墙下，在那吴侬软语的俚歌声里……即便明知是一介匆匆的过客，也有多少善感的心怀直把他乡作故乡。

江南佳丽之地，自然也是温柔富贵之乡。秦淮河的夜色，西湖的歌舞，扬州城的琼花，姑苏的园林……堆金砌玉之地，不仅让一个个风流才子失魂颠倒,也让一个个声色的王朝迷失倾倒。

青山依旧在,几度夕阳红。岁月变迁,时间流转,那些古老的记忆在翘首的檐脊上穿越。依然是小桥流水人家,依然是亭台楼阁庙宇,依然是桃李笑春风,依然是月上柳梢头。历史像一江春水,沿着血脉一般的河道,浸润着江南。岁月如一团水墨,在江南这张宣纸上渲染、蔓延……

大风起兮

风是突然起的。沉闷压抑到极点,必然会有一场爆发。

这是一个湿热的让人喘不过气来的夏日午后,风像一支揭竿而起的大军,以不可阻挡之势,翻山越岭,攻城掠寨,进入这座城市。

窗帘被卷起,垂下,再卷起,再垂下,随即被呼啦啦地卷向空中,发出猎猎的声响。

朝窗外看去。天黑云灰,尘土飞扬,真所谓"山雨欲来风满楼"。而迎面扑入怀中的风,如此的凉爽、如此的惬意、如此的奔放,让立在窗前的人陡生诗意豪情。

路边的树,在一波强似一波的冲击下,摇晃、倾斜、挺直,再摇晃、再倾斜、再挺直,并发出尖厉的呼啸。与其说它们是在与风做着抵抗,不如说是暗助着风的力势与威风。而树冠则像一块块绿色的面团,被一双无形的手揉搓着,压扁、拉长,忽又拎起,最后倒向一边,归顺了风的走向。

一只塑料袋在天空飞舞，它在空中略作停顿，就突然加速，"啪"的一声贴在了对面的楼面上。旋即又被从墙面上剥下，惊慌失措般在墙壁与窗户玻璃之间翻滚，最终翻过楼顶，急急地消失在视线里。

而一只鸟，像是从灰蒙中射出的一支箭，疾驰而出。却似在中途被什么阻挡了一下，折了力道，失了准头，向低处突然落去。

熙熙攘攘的大街在瞬间被打扫干净，人群作鸟兽散，缩入钢筋水泥的城堡。门窗关闭的声音，玻璃撞击破碎的声音，物体倾倒的声音，还有心悸者惊恐的尖叫声……

尖叫声中，有女人从屋中奔出，去追一件被风卷起的衣物。衣物的一角被抓住，却收不回来，好似空中有一无形的家伙在与女人拉扯。又一年轻女子跑出，刚想伸手帮忙，却被一阵风掀起了裙摆，春光乍泄的一瞬，赶紧弯腰捂住，手忙脚乱地做着挣扎，抵抗着强暴。

"大风起兮云飞扬。"云是不见了，只隐隐地，从苍茫的天边传来阵阵低沉的吼声，似大军压境车轮的滚滚。接着，是天空祭出的一柄长剑。

剑的寒光下，映出对面窗户后一张孩子兴奋的小脸。孩子的手从窄窄的窗缝里伸出，放飞一只只彩色的纸鸢。五彩的纸鸢满天飞舞，越飞越高，越飞越远……

"好风凭借力，助我上青天。"谁清亮的吟咏，在风中穿越。

流响出疏桐 🍃

正是盛夏时节,坐在屋内,忽然听到疏密的枝叶间蝉声高亢入耳,如闻天籁。想这小蝉,如何飞过山山水水,穿越这钢筋水泥的森林,落在我的窗前？蝉鸣声中,不免使我这久居城市之人想起山野,想起童年。

如果是在乡村,此刻该是蝉声一片,随热烈的阳光洒落一地吧？我似乎看到我那晒得黝黑的童年,依然手提竹竿、网罩,在村中的树干上攀爬,在茂密的山林里寻觅……

蝉声里的村庄是安谧的。特别是正午,农人们在竹床甚至是放倒的门板上安憩,农具歇在墙角,鸡狗牛羊躲在树荫下。只有不安分的童年,把蝉一以贯之的合唱搅出变调来。

诗经《豳风·七月》里有句:"四月秀葽,五月鸣蜩。"蜩即蝉也。蝉鸣不但标志着一个火热日子的来临,也是农事的提醒。在我们这里的乡下,有"知了叫,载早稻;知了飞,稻草堆"的农谚。蝉声里,谷物生长、成熟,丰了粮仓,把收获的喜悦挂上农人的脸膛。

一时想起梁静茹的一首叫《宁夏》的歌:"宁静的夏天,天空中繁星点点,心里头有些思念……知了也睡了,安心地睡了,在我心里面宁静的夏天。"已经有些遥远的歌声里,那涌上心头的乡情,有一些甜蜜,也有一丝伤感。

"蝉噪林愈静,鸟鸣山更幽。"这是梁朝王籍在《人若溪》中的名句。

如果你没有在乡下生活过，没有在炎炎的夏日穿行过遮云蔽日的山林，你很难体会那种静与幽。蝉雨落下，鸟声空寂，繁华的大地一片安详。此时你若走过村庄，在屋前的浓荫下看见一位鼾声和着蝉鸣的汉子，那是一幅多么温馨的乡村图。若是跋涉山野，在林深之处偶遇一位昂首听蝉的老者，又是何等的古朴诗情，意境悠然。

也有觉蝉声聒噪的乡人。或是正在心烦，或是扰了他的好梦。于是就地拣一石子，朝树梢上的密丛中扔去，就听鸣叫阒然而止，间或有一两声拖长了的嘶鸣没入阳光之中，渺无踪影地栖落它枝。而远方的蝉音依然，像一场声音的接力，没等那烦躁的乡人转过身来，头顶又是歌声猝起。

"垂绥饮清露，流响出疏桐。"在夏日的原野之上，还有什么生灵，比蝉更能佩得上乡村歌者之誉称？又有什么样的吟唱，能比此刻这只蝉鸣更能带给我浓浓的乡音？

"树叶经夏暗，蝉声今夕闻。已惊为客意，更值夕阳薰。"坐在窗前，想起朱熹的《宿寺闻蝉作》，深觉此时的心境与古人合。一声蝉鸣里，有多少思乡之情？

稻田风光 🍃

八月的乡村大地，正是禾苗葱壮，稻穗灌浆的季节。这时节，若有闲漫步山野，你会在那如涛涌动的稻浪前发出赞叹。

唐末诗人韦庄的一首《稻田》,描绘出稻田风光之美:"绿波春浪满前陂,极目连云䆉稏肥。更被鹭鸶千点雪,破烟来入画屏飞。"你看,山坡下是一望无际的稻田,风吹过,宛如春浪绿波翻卷,直接云天。而在这蓝天绿浪之间,忽然有洁白如雪的白鹭穿破远处的雾岚飞入,真是一幅色彩明快、高远宽袤的水墨画卷啊。

春天里,我们会在大片的油菜花面前,被那绚丽的色彩和芳香所陶醉。但在夏日,面对这接天连地无穷碧的稻田,我们内心充盈的却是一份宁静、悠远和闲适之意。

我不知道夏日里有多少人会去欣赏稻田风光,但在稻禾青青的日子,我总要寻机去郊外一走,享受那"红蕖影落前池净,绿稻香来野径频"的美景。

"浮云有意藏山顶,流水无声入稻田。"在这样一份高远而宁静的天地间行走,尘世的烦嚣会随白云浮走,心中的块垒会随流水消融。

曾在田间遇一头戴草帽的老农,坐在埂上一把放到的锹柄上安闲地吸着一根烟。金灿灿的阳光下,他眯缝着双眼眺望着稻浪涌动的远方,那份美滋滋地带着一丝满足感的表情,让我感觉到他心中一定有着比我这个闲足者更大的诗意。

难道,还有比劳动创造美好生活更大的诗情画意吗?

"村姑儿。红袖衣。初发黄梅插稻时。"童年就在乡下生活过,自然还记得春末夏初插秧时的情景。现在回想那场景,感觉那分明就是乡人在明镜似的水面上栽插一行行翠绿的诗句啊。

稻禾生长的乡村是一种别样的美,仅撷取陆游的几句诗文即可领略。"露拆渚莲红渐闹,雨催陂稻绿初齐。"这是雨后原野的美,莲红稻绿,清新可人。"新长庭槐夹门绿,无穷陂稻际天宽。"这是夏日乡村的美,槐荫遮院门,稻浪无穷际,娴静辽阔。难怪老夫子要高吟:"得意诗酒社,终身鱼稻乡。乐哉无一事,何处不清凉。"

可以想象,千年前的稻浪丛中,一定是经常出现陆游这位"稻粉丝"的身影,不然他不会写出"夏秋之交,稻方含秀,黄昏月出,露珠起于其根,

闲散时光

累累然忽自腾上,若有推之者,或入于茎心,或垂于叶端,稻乃秀实,验之信然。"这样经验之文。

从播种,到插秧,到收割。农人一直是面朝黄土背朝天。稻谷带给农人最大的喜悦是粮仓的丰满。把稻谷种出乐趣的,一个是袁隆平,变魔术般让产量往上翻;一个是叫陶正荣的农民。报载,浙江省温岭市新河镇城北村村民陶正荣,今年将自家的六楼房顶改造成稻田,种上水稻,目前喜获丰收,亩产超千斤。据了解,在屋顶上种水稻,不用除草、喷药,省工省力,既节约了土地,又对房屋有隔热作用。

研究水稻,自然难得有温庭筠"稻田凫雁满晴沙,钓渚归来一径斜"的闲情;房顶上种稻,当然少了春秋间"滮池北流,浸彼稻田"的古韵。但站在绿浪涌动的稻丛中的劳动者,应是稻田风光中最动人的风景。

"喜看稻菽千重浪,遍地英雄下夕烟。"这样的画面,谁说不美?

花味袭人露浅黄

走过一片绿地,微风送来阵阵浓郁的香气,心情为之一爽。原来,桂花已在不经意间悄悄开放了。

转头在一片绿丛中寻觅,却不见桂树的身影。感觉桂花就像是一位花中的隐者,其沉敛的诗人般的气质,极具风度与内涵。"遥想吾师行道处,天香桂子落纷纷。"白居易不就是如此来描写韬光禅师的修性养晦的吗？

八月桂花遍地开。当桂花的香气把一部中国历书浸透的时候，传统节日中秋节也来到了。"月待圆时花正好，花将残后月还亏，须知天上人间物，同禀清秋在一时。"花开伴月圆，香消月渐缺，整个农历八月是被花香月色熏染的，氤氲的画意诗情里，醉了多少墨客骚人。

"问讯吴刚何所有，吴刚捧出桂花酒。"桂花开时，正是酿桂花酒的好时节。记得幼时，外婆要用竹簸箕将细碎的桂花在秋阳下晒一晒，然后打上几斤散酒，泡在陶瓷的酒瓮中。到中秋那天，一家人坐在院中吃月饼赏月时，外婆就将已泡了十天半月的桂花酒打开，酒香桂香满庭，感觉落在屋上地下草尖叶头的月光也是香的。

吴刚的传说也是那时候听外婆说的。说是吴刚偷吃了月宫里的桂花酒，玉皇大帝惩罚他，要他将月宫里的一棵桂花树砍倒后，才放他回家。可玉皇大帝使了法术，那棵桂花树砍下一个口子又立即合上了，吴刚也就一直在月宫里不能离开。外婆指着月亮上的阴影对我说：看见了吧？那就是月亮里的桂花树呢。

上中学时，校园大礼堂前有两棵高大的丹桂，据说有几十年历史了。每到金秋，橘红色的碎花便开满枝叶间。坐在教室里，一面听老师的娓娓教导，一面嗅着空气里飘来的桂花芳香，真是一段幸福难忘的时光。

很多年后，到母校去过一趟，还特意去看那两棵桂树，却不见了它们高大的身影。原来，学校为了扩大招生，扩建校舍时将桂树砍了，原本栽着桂花树的地方树起了一栋高楼。心里痴痴地想：为什么这两棵桂树不是吴刚砍的那棵呢？

采摘践踏花木一般是遭人反对的，但折桂却鲜有人责。中秋前后，街头路边，常见乡人提着一篮桂枝叫卖，把一种浓浓的乡情和一份芳香的节日氛围带入城镇。在中国文化里，"折桂"，是对中榜登科、仕途得志、飞黄腾达者的一种美誉，对获取殊荣者，则要以"桂冠"相加了。

"暗淡轻黄体性柔，情疏迹远只香留。何须浅碧深红色，自是花中第一流。"李清照将桂花喻为花中一流实不为过,试问,有哪一朵色彩的绽放能够加"冠"相称呢?即使有牡丹被誉为花中之王,但因其富贵娇惯而失去贫民色彩,少有市场。正所谓:"绿叶争风遮娇芳。花味袭人露浅黄,行人回首寻四野,不看姿色闻秋香。"

循着秋香进入绿地,枝叶后朝我浅浅一笑的,正是一袭黄衫的桂子。

品秋

古人将秋分为三截,分别为孟秋、仲秋、季秋,好比是把一根甘蔗一分为三。那带梢的,味道淡淡涩涩,还带有夏之青叶的一截,自然是孟秋;仲秋嘛,就是中间的一截了,脆嫩多汁,深得大多数人的喜爱;而季秋,则是近根的一截,老而硬,却最甜,最对牙口瓷实之人的口味。

"白露秋分夜,一夜冷一夜。"窃以为,真正的秋天要从秋分开始。这样说,可有点奢侈了,如同一刀斩去了半截带梢的甘蔗。但斩就斩了吧,睡在凉席上数星星,所谓"银烛秋光冷画屏,轻罗小扇扑流萤。"那还叫秋天吗?

秋天要有秋天的味道。"树树秋声,山山寒色。"这样的"声色",也只有时到仲秋之后,我们才能真正领略到。秋风簌簌,山野丛林落叶飘飘,如此的景致,才不失为秋。而所谓"一叶知秋"者,怕是要具备一颗敏感的诗人之心才能感受得到吧?

秋天的第一味是不能离了月光的。"人道秋中明月好,欲邀同赏意如何？"也只有到了秋分前后的仲秋，这月才开始有了点特殊的味道。"野旷天低树，江清月近人。"此景何等美哉？"待月西厢下，迎风户半开。拂墙花影动，疑是玉人来。"此情何等销魂？最是那离乡的游子，用月光来丈量到故乡的距离，月色的阴晴里平平仄仄地行走着多少乡愁？

"蒹葭苍苍，白露为霜。所谓伊人，在水一方。"秋之入味，当然还离不了霜露之润泽。秋至白露，草叶之上露珠开始凝聚，早晨若行走田间山野，往往洇湿了鞋面裤脚，这种秋天特有的馈赠，居住在都市里的人是难以得到的了。而霜降之后，岁月就显沧桑了，而正是有了这份沧桑，秋天才显得厚重，透出些人生的况味来。"蕊寒香冷蝶难来"的时节，才孑然突出那些孤傲的身影、坚守的品格啊。

"人人解说悲秋事，不似诗人彻底知。"翻开文字，悲秋之声远多于清朗的颂秋之音，或如批评家所言，中国的文人学士都带有很浓厚的颓废色彩？细想也不尽然。秋日里，草木零落，多肃杀之声，往往会触动一些敏感的神经，触及胸中的一些块垒，难免"夜深风竹敲秋韵，万叶千声皆是恨"了。伤别、叹时、思乡、怀人，又哪一样不让我们忧伤缠绵、寂寥悲切？秋，不过是一个触媒罢了。

"自古逢秋悲寂寥，我言秋日胜春朝。"秋之味，还在于品秋之人的心境胸怀。心头秋阴不散，自然"孤灯夜夜写清愁"；胸中风清云淡，当然"轻寒正是可人天"；孤寂的人，难免"古道西风瘦马，夕阳西下，断肠人在天涯"；豪情的人即便面对秋之空寞，也是"晴空一鹤排云上，便引诗情到碧霄"。

"黄栌千里月，红叶万山霜"，是秋之色；"家家争说黄花秀，处处篱边铺彩霞"，是秋之香；"秋山野客醉醒时，百尺老松衔半月"，是秋之味……秋天岂止是你持在手中的一截甜蔗，它简直就是摆在你面前的一盘色香味俱全的美味佳肴，等你用心去尝，动情去品。

露从今夜白

二十四节气里，特别喜欢白露。不是因为天气终于凉爽，度过了难熬的夏天；也不是因为白露这两个字多么富有诗意。而是因为，又可以从那城外的草尖叶片上，看到晶莹剔透的露珠了。

四季轮回，年年白露至。可住在钢筋水泥城堡里的人，实在难以在道边的绿化带上寻觅到那小小的精灵。至于露水湿履、花香涸袂的情景，恍如在久远的记忆里。

"一条大河波浪宽，风吹稻花香两岸……"一天，一位老人领着他的孙子来到河边，孩子问："爷爷，河在哪里？"老人望着逼仄得似一条水沟般的细流，哑然失言。这就是他孩童时水中采菱、岸边捉螺的河吗？这就是女人们浣衣淘米、男人们荡舟撒网的河吗？

那天也从一条小河边走过，童年时曾在此河中戏水，还曾"偷吃"过小河两岸菜田里挂着露水的黄瓜番茄。随着城市化的进程，小河早被圈进城中，虽然河两岸植树养花、铺草造景，但河面上垃圾杂物漂浮，河水发出阵阵的腥臭，令人掩鼻。而一家恐比我年龄还大的自来水厂的取水口仍伸入河中，泵机的声响隐隐入耳。

难怪今天有纯净水矿泉水营养水等各种水饮品纷呈上市，大行其道自有其因啊。

但要感谢自来水，从拧开的水龙头下，那过手的温润清爽或彻骨寒意，让我们知道了城外季节的变化,留一份花红柳绿、草长莺飞的向往与想象。

"蒹葭苍苍,白露为霜。所谓伊人,在水一方。"《诗经》中如此美妙心动的场景,怕也经不住几千年时光的消磨与剪辑,露遁霜匿,伊人惆怅。围湖建墅,开埂为田,劈山建厂,伐木为屋,人类到处留下自己的意志,忘记了在汗水与眼泪外,还有一滴晶莹的水珠叫露。

"玉阶生白露,夜久侵罗袜。却下水晶帘,玲珑望秋月。"如果太白先生站在霓虹斑驳的台阶,听着喧嚣繁杂的市声,他还会把床头的月光疑作地上的霜露,写下那千古的绝句吗?即便你在夜色阑珊中回家,鞋面或者裤脚被泅湿,那也绝不是草尖上的凝露,而是商家泼在大街上的一盆污水。

"露从今夜白,月是故乡明。"难道杜甫在千年前就明了现代人的心思,把一滴晶亮的思恋寄托在那遥远的故乡?

露,天地之聚,自然之凝,在那万木葱茏的山野,在那草繁叶茂的大地,它们依然为我们守候着一份纯净、一份纯洁、一份情怀、一份感动。

白露过后仲秋至,在天高云淡、风清气朗的日子里,让我们放足原野,看"鸿雁来、玄鸟归",抚摸一片潮湿的乡情,啜饮一滴草尖上的月光。

一藤秋情

原野草蔓纠葛,林中树藤缠绕,田间架上瓜垂豆悬,崖坡岩面曲茎盘爬……初秋的大地,藤壮叶茂,绿肥红瘦,正是赏藤的好时节。

莫名的,喜欢那些攀缠与萦绕,或粗壮遒劲,或纤细棉柔,在我眼里,都是那么野趣天然,那么意味悠长。

藤是写意的。在中国画中,画家大都以草书的笔法写藤勾蔓,形神兼备,意态突出。而大地上生长的藤本就是大自然写就的一幅幅草书,或狂放,或娟秀,或粗犷,或纤柔,细赏之,真正是意韵浓厚,耐人品味。

藤上有深情。读欧·亨利的《最后一片藤叶》,老贝尔曼拼尽最后的精力画在窗外墙上的那片藤叶,逼真得迷惑了濒临死亡的琼珊,靠这片琼珊自以为暗示她生命的永不凋落的藤叶支撑,她走出了死亡的阴霾。西洋画的写实,把情感描摹得如此鲜艳,人性的光芒在枯藤上的那片藤叶上闪烁。

唏嘘感叹,两相对比,感觉中国人情感境界的营造更像一幅水墨,浓情饱凝笔端,落纸淡然,极尽渲染。比如马致远的《天净沙》,头两句:"枯藤老树昏鸦,小桥流水人家。"宛如一幅大写意,以枯藤突入画面,将一个个景物轻勾慢描于后,烘托出"断肠人在天涯"的秋思。

"洒涕谁能会。醉卧藤阴盖。人已去,词空在。"心想,若琼珊生在晁补之的大宋王朝,面对枯藤之上那片永不凋零的叶片,该如此沉吟吧?只是"词空在"要换成"叶空在"贴切。

天地之间,那藤蔓不管品种如何,总是盘曲缠绵,如同人类的情感,纠葛难解,悱恻难消。

"少游醉卧古藤下,谁与愁眉唱一杯。"还是从情感的藤蔓里解脱出来,多品赏一下自然的生长与攀缘带给我们的乐趣吧。

你看,几根枯木、几杆竹枝,随意搭起的支架上,有藤攀爬。架上,三两朵黄花正开,一两根丝瓜垂悬;架下,或是几只鸡仔觅食,或是一只小猫蜷伏。若再有一两只蜻蜓或蝶儿翩翩,该是一幅多么温馨的乡村图。

若是花窗藤攀蔓绕,绿叶婆娑,有素衣素面的女子托腮凝坐纱帘,难道不是一幅美轮美奂、令人心动的秋水望穿图?

或是涉足山野,闲依老藤,撩襟拂汗,放眼青山,又是一幅何等逍遥的诗意画卷?

"扫阶苔文绿，拂榻藤阴清。"对藤的钟情，让我一直梦想着有一间爬满青藤的小屋，炎炎夏日，或是月凉如水的秋夜，独自坐在藤蔓缠绕的窗前，读书、写字、吟诗。或是什么都不做，什么都不想，只静静聆听墙头风摇叶片的沙沙，和着窗下梵婀铃般的虫吟，那是何等的快意与潇洒？

作为一个普通人，在寸土寸金的城市里生活，藤蔓居的日子，只能是在梦里想想了。但仍舍不了那份缠缠绕绕的牵挂。于是，喜欢在原野采撷一些诸如牵牛之类的种子，撒种在阳台上的花盆里，眼见着一棵棵小苗出土探头，最后援着栏栅攀爬，为我营造出一方小小的理想中的情境。间或有一两只或粉或白的花骨朵儿绽放，一天的心情也就随之盛开了。

"欲唤一藤同胜践，恨无杰句压溪山。"品藤赏蔓，那心头流淌的文字与思绪，也是那藤上小小的芬芳吧？

江南霜叶美

当北京香山的红叶已经飘零时，江南却正是层林尽染。漫步水乡，涉足山野，在飒飒的清风中一览叶之美丽多姿，真是别具一番风味。

如果说，春天的江南像一幅水彩，那么，秋末冬初的江南则是一幅油画。画里的田园、小溪、埂垄和青瓦白墙，在色彩斑斓的林木映衬下，透出一种暖意和厚重来。

红的、黄的、褐的、绿的，在冬雾弥漫的江南，你根本就数不清楚到底有多少种色彩，平常用的色卡在这恐怕是不够用的。即便是最显眼的红叶，你极目望去，也是鲜红、猩红、粉红、桃红，层次分明。若遇大片的红叶林，那红便在瑟瑟的风中，似翻卷的云霞汹涌而来，冲击你的视野。

红叶有乌桕、枫树、黄栌、槭树、山槐等。其实，在红叶树属中，乌桕叶是红得最深、最透而且最持久的。陆游就有诗句："乌桕赤于枫，园林二月中。"

枫叶红时，乌桕叶正由黄渐紫，显示出雍容华贵的气质。宽大的梧桐叶也正黄着，单等那一场霜雪把它染成橙褐，让多愁善感的人儿聆听缠绵的雨脚。而银杏的黄叶在阳光的照射下，像一片片透明的美玉，风过，仿佛能听到敲金击玉的声响。

岁寒赏叶，虽凉意袭人，但还是有风为极致。风从山野来，五彩的叶片漫天飞扬，就像亿万只彩蝶翩跹飞舞。它们最后停歇在田园，铺落在青色的屋顶瓦面，像是为素朴的山野村庄缀上五彩的饰品。

风过枫林，落叶飘丹，那一片一片的红叶舞过眼帘，宛如一位红衣的女子舞动一条彩练，天地一片红艳，是何等的艳丽？

或者仰首在一棵高大的银杏树下，看银杏叶飘落，就像天空飘舞起一场金黄色的大雪。等一夜风声停息，那老银杏周围定是铺满了厚厚的一层金黄叶片，若是躺在如毡的叶片上，透过枝叶间的空隙仰望蓝天，会有一种很特别的感觉。

冬初，叶片金黄的，还有皂角树。风起的时候，如果你正行走在一棵沧桑的皂角树下，或许恰巧碰上一颗皂角儿掉下来，"噗"的一声砸在你的身上或草地上。皂角树果子含皂素，可以做洗涤用。要是遇上身穿蓝花布的江南女子正弯腰捡拾皂角儿，那是一幅多么美的江南风情。

还有水杉，秋末冬初的江南水边，会看见它们褐色的挺拔身影。漫步杉木林下，脚踩在满地针状的落叶上，会发出轻微的沙沙声，就像踩在厚厚的雪地一般。地上当然是一片褐色，像一张绒绒暖暖的地毯，间或有几片或红或黄的叶子飘落在上面，简直就是一幅简约而清丽的装饰画。

霜重色愈浓。枫栌、乌桕的红，银杏、皂角的黄，水杉、梧桐的褐，以及芦获的白,与森林山野绿色的底色交织在一起,犹如天地织就的一幅锦缎,艳丽、丰润而饱满,令人感叹江南秋冬之美。

当然,在江南赏叶,依然离不开小桥流水人家,那或红或黄或褐或白的叶色,与黛山青瓦白墙掩映为一体,别具江南风味。那半隐半现在七彩林丛中的村落,宛如一位长袖掩面的女子,勾人心魄。

空山静美

工作的单位就在一座山峦下,却从未攀过此山。山有名,叫马脊山,却无任何名气。这或许是众多生活在它的脚下的人懒得涉足的原因吧。

日日在山下行走,看惯了春夏秋冬在葱茏与苍茫之间的变化,以至对这一点也不巍峨的山到了熟视无睹的地步。

秋末冬初的一个日子,忽然想从喧嚣拥挤的生活里出走。在检视一遍几被游客的脚步踏平的风景后,这座身边的山就跳入眼帘。

到山脚,遍寻多人,皆不知上山的道。最后,在山坡上一位种菜老农的口中,得悉了一条蜿蜒向上的路。

起始,路宽可行两人,渐渐收窄,成一条独行的羊肠。环视四周,除了枯黄的杂草、凋败的树木,也确无什么特别的风光。这怕也是行人渐少,道路渐细的缘故。

但山上很静,可听见风过草木的窸窣声,甚至落叶飘零的沙沙声。这正是我所希望的，它让我寻求安宁的被尘世烦扰的心找到了暂时的安放。

及至半山腰，额有微汗沁出。歇脚回首，山下的工厂和城市的一角，在薄雾里显出一种蒙胧的美，顿失我日日工作生活其中的苍白与乏味。而脚下的林丛也在眼中现出层次来，松柏的苍翠、朴树的金黄、枫栌的火红，以及芦荻的灰白，相互衬托、勾勒、点燃，像一幅浓笔的水彩。

细观身边的草丛，见有蓝色的风铃在风中摇曳，那薄玉似的一串花朵，仿佛在相互碰击着，发出叮当的声响。也有行将枯萎的石竹，在细长的茎头开着一两朵紫色的花瓣，似是对秋天最后的留恋。

有野菊拦路，把花香轻洒鞋面。枯藤与老树，在金黄的野菊映衬下，显示出一种生命的倔强与力量来。

突然，有大片的金黄扑入眼帘，在阳光的斜射下，让我分不清是光线的耀眼，还是花香的沁人，身心陶醉，而双脚显得飘浮。

在踉跄中到达山顶，沿山脊两头瞭望，忽然发觉这马脊山到更像一位睡美人，长发垂散，乳胸圆润，小腹微隆，安静地仰卧在这天地之间，让岁月透出一种母爱的慈祥，让喧嚣的日月安静、安定。

就在山顶半人深的草地上躺下来，让褐黄而柔软的蒿草将我湮没，如婴儿偎依在母亲的怀抱里。

身旁有蟋蟀低吟，蚱蜢在草尖上弹跳，一只鸟飞过苍茫……世界如此安谧而甜美，让我想起青春、爱情，以及生命中所有美好的时光。

风起，头顶的一棵枫树落叶窣窣，大片的红叶飘过我的眼前，天地一片红艳。

冬日看山

厚厚的棉装上身以后，人便变得慵懒，缩手缩脚的心境下，日子有些沉重了。于是，在雪后放晴的日子，决定去看山。

出城，远远地，就看见了山的身影。未及融化的积雪，把山装扮成一位白发皂衣的禅者，盘腿打坐在浩浩天地间，似在等那朝拜的凡心。

冬日的山是裸露的，山石嶙峋，峰峦瘦削，却又似一位诗人的风骨。

入山，不见一位游客的身影，有一种"千山鸟飞绝，万径人踪灭"的意蕴。偶惊起一群在草丛中觅食的麻雀，叽叽喳喳掠过苍茫的天空，更添山之静幽。

冬之山是沉默的。草枯叶零，繁华落尽，霜雪掩没足音，季节删繁就简。他有点像我们历尽沧桑的父辈，把岁月刻在额头，把坎坷装在胸中，以睿智的目光，散淡的心怀，平静地看待世界。

冬之山却又是不寂寞的。石隙中涌出的涓涓细流，不会因为寒冷而冻结她的歌喉，在她清澈的旋律边，一脉绿意潺潺而婉转。风过林，忽轻柔如绸，忽猛烈如啸，而遒劲的枝杈就在蓝天的映衬下或疾或舒地挥舞，宛如一幅笔锋犀利力透纸背的书法。

冬之山也是不单调的。放眼对面的山梁，有枫栌未及飘零，一树火红，似要点燃满山坡的激情。不远处的樟林还是墨绿一片，雪后清新的空气，送来特别的香馨。最喜身边枯败的菊丛,还有三两枝黄花傲雪怒放,似几朵噗噗跳动的火苗,暖了我胸中的一腔诗情。驻足菊旁,似乎听到她们的喘息声,这些娇嫩却不乏坚韧的女子般的花朵,她们是在坚持着、奔跑着,要将一团暖暖的心香,交给那含苞等待的梅吗?

攀阶而上,缘径而至山北,在山之涧,有残雪深厚,冰凝霜结,似在告诉我,一场风雪曾经的肆虐与苦寒。

而山无语,山只把他宽阔的胸襟敞开,让我一步步地深入,一步步地参悟。

世说:仁者乐山,智者乐水。冬日之山,却分明以仁者之怀,启智者之心。

回身俯瞰,一座寺院正在山坳处。耳畔传来悠扬的梵音,是冬之禅语?山之禅音?

第三辑

温情岁月

　　我们像一片叶子一般来到这个世界，也如一片叶子一样飘落凋零，匆匆走过虽漫长却又短暂的一生。从生到死的旅程，那些走进我们的人生、陪伴过我们一程的人，是多么值得珍惜。

春笋尖尖炖鸡汤

立春后的一场雨,屋后竹林里的笋儿开始钻出松软的地皮。过了冬的鸡儿这时节特别肥腴,在林子里懒懒地觅食。童年的我跟在外婆的身后,看她麻利地用篾篓罩住一只母鸡,又掰下几只竹笋。

灶下的火苗正快活地跳动,锅里的水冒出腾腾的热气。宰鸡、烫毛、清洗内脏,不一会儿,清理干净的整鸡和鸡杂就被放进了一只被烟火熏得发黑的铫子里。外婆一边将切成片的竹笋投入铫内,一边笑眯眯地对我说:"春笋炖鸡汤,好吃又补身子哦。"

看外婆又往铫里放入生姜、枸杞,兑上大半铫子的水,就将灶下的火拨旺。等外婆打开铫盖,看见水里的枸杞、笋片上下翻腾,就将灶下的火用火叉压得小小的。外婆说:"春笋炖鸡汤要慢慢地煨,才出汁养身儿。"

记得在笋儿生长的春日里,外婆总要煨几次春笋炖鸡汤。外婆是一位民间医生,曾告知,春天是万物生发的时节,也是肝气生发之季,春笋炖鸡汤是补肝的最好烫肴,如同草木的生长,需要一场春雨的滋润。年幼的我哪里明白什么养生的道理,只是感觉端上桌的春笋炖鸡汤,实在是好吃。笋片滑嫩,鸡肉松软,汤清油浮,入嗓香鲜。

长大以后才知道,外婆的春笋炖鸡汤实是有养生道理的。

春生夏长秋收冬藏,人体的调养也应与自然相符。春属木通于肝,肝脏是人体主要的解毒代谢器官,若能在春季好好调养,则可提高肌体抵抗力,增强免疫力。因此中医有"春宜养肝"之说。而五禽中,鸡应于肝,喝鸡汤最能滋养肝血。因春笋接受了明媚的春阳照耀,有利窍、通脉、化痰、消胀、助阳气生发的功效,煨入鸡汤中,可谓是春补第一菜品。

又到春天,故乡竹林里的笋儿将要破土冒尖了吧?只是那林中早已不见了外婆捉鸡掊笋的身影。在超市里买回一袋笋干,泡发以后,炖了一锅鸡汤,一点吃不出鲜嫩的味儿。看来,养肝理气的春笋炖鸡汤,也要那原汁原味的,耐品耐回味。

安逸时光

匆匆地赶路,见路边有一爬满青藤的小院。无意间朝院内瞭了一眼,见青藤攀缠的架下有一男子正在小酌。小小的桌几上,一盘小炒,一碟花生米,男人端着青瓷的小杯轻啜,一脸的享受。

忽然就感觉心里暖暖的,像照在那个男人脸上的一抹夕阳。不由放慢脚步,将这一幅闲适的生活图景印在心里。

人到中年,在这个物欲的社会,感觉生活的压力越来越重,总是脚步匆匆,日日在熙熙攘攘的生活里奔波。就像是被洪流挟裹着的一粒沙子,不得停歇,幻想着有朝一日会栖落在一片绿洲,享受所谓美好的日子。

那个青藤小院内的场景,竟让我忽有所悟。原来,安闲的生活不在于我们是否到达那个设定的结果,也不在于我们最终拥有了什么,得到了多少。

而就在我们日日走过的时光里，在于我们内心对生活的感受。

想起耳熟能详的那个中外老太婆的故事。中国老太婆一生辛苦劳累，到老了，终于买起一所房子，可她没能在新房子里享受多少日子就到了生命的终点。西方老太婆在她年轻时就举贷买了房子，老了，房贷还清了，可她已在自己的房子里享受了一生安逸舒适的生活。

我们奢望着成功、富有，乃至纸醉金迷的生活，这当然没有什么不对。但我们又经常听到那些成功人士的心声：多么想过普通人安闲平淡的生活。因为，成功的背后往往是巨大的艰辛，以及外在和内心强迫自己不能停歇的压力。

有压力当然好，它是个人和社会前进的动力。但我们不能忘记，我们最终的目的是要享受生活。让人们享受幸福安逸的生活，也是国家和社会的奋斗目标。我们像沙子一样向往着绿洲乃至大海。但是，在滔滔的洪流中，别忘了在江河的床滩上停留，聆听浅水流淌的美妙之音，别忘了夹岸的风景也是风光无限。

在匆匆的行旅间作一停留，在爬满青藤的时光小院内小酌一杯人生。原来，生活和奋斗的中间也有美妙美好的安逸时光。

落叶情怀

"袅袅兮秋风，洞庭波兮木叶下。"面对这样的秋景，许多人心头泛起的是感伤的情怀。是啊，经过春的萌发生长，夏的茂密繁华，到了秋天，枝头叶落,季节开始走向萧条,生命走向完结,怎不令人触景生情,感慨时光流逝,生命短暂?

一花一世界,一叶一菩提。一片秋叶,在每个人的心中,感觉自然是不一样的,这恐怕要取决于个人的人生经历和入世态度。所以有"无边落木萧萧下,不尽长江滚滚来"之高远胸襟,也有"须信道,颜色如花,命如秋叶"的悲悯伤情。

落叶归根,这是千古的乡愁。正如毛阿敏的歌所唱"不要问我到哪里去,我的心依着你;不要问我到哪里去,我的情牵着你。我是你的一片绿叶,我的根在你的土地"。秋风乍起,落叶飞舞,面对此景,多少游子遥望故乡,多少浪子把母爱思念? 一片落叶就是一份浪迹天涯的情怀,飘飘荡荡,要落入大地母亲宽阔而温暖的胸怀。

站在缤纷的落叶下,忽然想起泰戈尔《飞鸟集》中的句子:"生如夏花之绚烂,死如秋叶之静美",心中莞尔。

其实,人生就是一场生离死别。我们像一片叶子一般来到这个世界,也如一片叶子一样飘落凋零,匆匆走过虽漫长却又短暂的一生。从生到死的旅程,那些走进我们的人生、陪伴过我们一程的人,是多么的值得珍惜。因为他们,我们有了相偎相依的亲情,相携相伴的爱情,相知相惜的友情……我们的人生也才如"夏花之绚烂",值得留恋与回味。

席慕蓉在一首《美丽的心情》的诗中写道:"假如生命 / 是一列疾驶而过的火车 / 快乐与伤悲 / 就是 / 那两条铁轨 / 在我身后 / 紧紧相随 / 所有的时刻都很仓皇而又模糊 / 除非你能停下来 / 远远地回顾……"我们不能停下来,就像一片叶子一样不能停止生长与凋零,但我们只要曾经拥有,就可以诗意地说:天空虽然没有留下飞翔的羽痕,我已飞过!

悲欢离合,缠绵悱恻,挫折坎坷,激情梦想,那些曾经拥有的情感,让我们的生命之叶丰美而绚丽。如此回想,面对秋叶飘零,心中何不有"坐看新落叶,行上最高楼"之旷达情怀?

温情岁月
第二辑

走在时间里的深情

　　手表是记录时间的,可手表记录下的又岂止是时间,还有岁月抹不去的深情。

　　一对穷困潦倒的青年男女踯躅在香港街头,闻着从路边飘来的香味,男的说:真想吃到大龙虾啊!第二天,一盘大龙虾真的摆在了他的面前。原来,女的卖掉了手上唯一值点钱的手表,给男青年买回了他馋涎欲滴的美食。后来,这对男女成为夫妻。再后来,男的靠打拼成为香港影视界名人,远离了贫困的生活。于是,在妻子的每一个生日,他都要给她买回一只名贵的手表。

　　这是 CCTV 的一期名人访谈,这位香港名人叫什么我一时想不起来了,但这个故事却深深地烙在我的脑子里。记得这位名人当时说:爱人早已忘记了卖手表的事,每年在生日那天专送她手表,她也只当是我的爱好,我也从未对她提起过往事。可我知道,任何一只名贵的手表也抵不上当年的那只啊。

　　在被这段故事感动的同时,我又想起另一个关于表的故事。

　　我有一位朋友,出生在贫困的山区,在他考入县城上高中的时候,手表已不是什么稀罕物,班上的同学每人手上都有一只亮晶晶的手表。一个星期天回家的时候,他无意地对母亲说了此事,事后也就将它忘到一边了。一个多月后的一天,当他正在上课时,有人急急地通知他,他的母亲昏倒在商场,并被送到了医院。当他匆匆赶到医院,母亲正满面笑容地等着他,手里拿着一只亮闪闪的手表。

原来,他回家顺口对母亲说得一句话,母亲却深深地记在了心里。他走后,母亲每天一早就上山砍草,为了能比在附近的镇上多卖出五角钱,母亲每天挑着一担草,远涉几十里来到县城,换回一元钱。为了给儿子攒够一只手表的钱,她舍不得吃一口饭,又匆匆地赶回山里。就这样,一个多月的时间里,她终于给儿子买到了一只当时价格最便宜,仅30元的合肥产红星牌手表,而自己却饿晕在商场的手表柜台下。

现在,我的这位朋友已是百万富翁,可是,他的手腕上却一直戴着那只修了又修的"大红星"。

父亲的秘密

父亲一直让我们搬回去住,可我和妻子一直敷衍着。总感觉和老人在一起不方便,不自由。直到父亲说:"我和你妈年岁已经大了,有些事情已力不从心了。"这才一家三口和父母住到一起。

卫生间里的毛巾架很小,一下多了三个人的洗脸洗脚毛巾就没法挂下。父亲的意思是,他和我合用、母亲和妻子合用,就基本放下,解决问题了。我说这又不是什么大难事。径自去了商店,购回了两根架杆,装到卫生间空置的墙面,十条毛巾便整齐有序地挂上了。

父亲每天起得很早，经常在睡梦中就听见他洗漱的声音。那天，起床后到卫生间，一揪毛巾，湿湿的。再看父亲的毛巾，干干的。便回头对站在客厅正朝我观望的父亲喊："爸，你用错毛巾了吧？""哦哦哦，我没看清，拿错了。"父亲有点不好意思。

我看看父亲和我的洗脸毛巾，颜色是有点相似。在早晨昏暗的光线下，也难怪父亲会拿错。正好，单位要派我出差，便换了一条与父亲洗脸毛巾颜色相差很大的新毛巾搭上架子，带上旧毛巾走了。

住到旅馆，立即取出毛巾洗脸祛乏。从洗漱间出来，见同事将包中的物品全倒在床上，失望地摸捏着。抬头见我，说："忘带毛巾了。不好意思，你的先借我用一下。"我伸手就将毛巾递给了他。

也就在将毛巾递给同事的那一瞬，我的心中咯噔一下：为什么同事可以借用我的毛巾，而我却不能和父亲混用一条毛巾呢？

我似乎一下子发现了父亲心中的秘密——他借口毛巾架小要合用毛巾，以至拿错毛巾，其实都是一种试探，他是在试探我们是不是在嫌弃他老了、农现了（方言，邋遢的意思）。

坐在旅馆的床头，我忽然就自责起来，一股酸涩涌上我的心头。那曾经高大英俊、精干智慧，如今皱纹满额、白发满头的父亲的身影，在眼前变幻、晃动。

回到家中，我悄悄地将新毛巾收了起来，又搭上与父亲洗脸毛巾颜色相近的旧毛巾。有时，我故意拿错，用父亲的毛巾。父亲提醒："你用错毛巾了。"我无所谓地说："反正是你的，又不是别人的。"父亲呵呵地笑。

那天，父亲刚洗完脚，儿子忽然对他喊："水别倒，我就用你的洗脚。"父亲说："这小子，不能换一盆水，不脏吗？"儿子调皮地眨了眨眼："节约用水噢。"我看见父亲脸上的皱纹如乐开了的花。

父亲坐在阳光下

转过楼角,就看见父亲坐在阳光下。

二楼处有一个阳台,正对宽大的楼梯。晴好的日子,上面洒满阳光。父亲喜欢在那放一把藤椅,静静地坐在阳光下。

因是公共阳台,又是两个楼道的分岔口,来来往往的人不少。大妈媳妇们又喜欢在阳台上晒晒被子衣物,叽叽喳喳地说一些家长里短。但父亲就在一片纷扰中,安闲地翻阅着一些报纸杂志。

每天中午下班,下公交,转过楼角,我就看见了阳光下的父亲。父亲也在此时看见我。他从老花眼镜的上框有意无意地瞭我一眼,眼光又落在手上的报刊。等我上楼,走过他的身边,他有时会问一句:"回来了?"然后起身,跟在我的身后走进家门。客厅的餐桌上,母亲早已将碗筷摆放整齐。

有时,父亲在暖洋洋的阳光下打盹,书报和眼镜摆放在藤椅旁的一只方凳上。一杯茶水的雾气就在阳光里袅袅升腾,在我的眼里化作一种亲情的流动。

那天回家,见父亲偎在藤椅里,毫不理会身旁凌乱的足音,发出轻轻的鼾声。我一时感觉,那些灿烂的阳光就像一枚枚幸福的金币,在父亲的身边叮叮当当地弹跳。父亲的白发在微风中抖动,额上的皱纹似乎被阳光抹平了许多。

我不愿惊醒父亲,踮起脚尖,想绕过椅子。谁知,刚走过他身边,就听身后一句:"回来了?"我问跟在我身后的父亲:"你刚才不是睡着了吗?"父亲答:"我听见是你的脚步。"忽然眼眶就酸酸的:儿子的足音,在一位父亲的梦里梦外,都是何等的熟悉?

时光流逝。

今天,当我再次转过楼角,二楼的这片阳台上,已没有藤椅,更没有那个熟悉的身影。只有一片阳光,在阳台上失落地流淌。

偶尔,我也将父亲坐过的那把藤椅搬到阳台上,等我的儿子背着书包回家的身影。我有时也闭上眼帘,感觉儿子走过我身边时,所散发出的生命的气息。

母亲的大事

母亲每天起得很早,在家中烧煮洗抹忙个不停。

今天起床后,却见母亲站在客厅的餐桌边发愣。问母亲在想什么呢?母亲说:总觉得一件大事给忘了,这人老了,记性实在是不中了。

这家里好好的,能有什么大事。劝母亲,想不起来就算了。

正在卫生间里洗漱,母亲一脸笑容地走了进来:我想起来了,是咱孙子说了今早要吃锅贴饺,我得赶紧下去给他买去。

从窗口,看母亲蹒跚的身影出了楼梯口,白发被寒风吹起,鼻子忽然酸酸的,心里却暖暖的。

是啊，在母亲的眼里，给孙子买早点这样的事就是大事，还有什么比操持一个家让古稀的母亲感到更重要的？

母亲念过师范，曾是一名教师。在她的豆蔻年华里，一定像大多数人一样，有过青春的激情，有过伟大的梦想。而教书育人，应该是她这辈子做过的最大的事。除了工作之外，还有什么是比家更让她放在心上的大事呢？

这世界上，恐怕许许多多的母亲都像我的母亲一样，走过几十年的风风雨雨后，最重要的最大的事就是家的琐碎。为家操劳，为亲情打算，为子女挂念，日日摆在母亲心的正中，侵蚀着母亲为时不多的时间，让白发日日增多，让皱纹越来越深，让步履越来越蹒跚。

想对为孙子买早点回来的母亲说句歇一歇吧，可看着母亲好似不知疲倦的身影，话到嘴边又咽回肚子里。

或许，为"大事"忙个不停的母亲，在她的心中是一种满足与幸福呢？谁又能阻止一位母亲手头的"大事"？

牛肉炖红枣

牛肉炖红枣，是冬令时节一道进补的好菜品。

现在生活水平高了，什么时候想吃牛肉都可以吃到。红烧牛肉、炒牛肉丝，自己稍动动手就行。不想动手，也有卤牛肉、牛肉干之类现成的即食品。不像我年少时那物资匮乏的年代，吃上一两顿牛肉那真是奢侈，哪里还讲究什么冬令进补。

记得那年入冬,生产队将一头衰老的水牛宰了,家家户户凭人头都领到了几斤牛肉,贫瘠的日子突然像过年一般,充满喜气。

母亲将分到的一大团牛肉在井水里洗净,切成块,就放入灶台上的那口大锅里。灶台下,柴火正旺,锅里的肉块随热水翻腾。旋即,母亲就用漏勺将牛肉捞起,放入大锅边的一口小铫子里。

早已不停地往小肚子里咽口水的我及妹妹以为牛肉烧好了,嚷着要吃。母亲边往铫子里放入切成段的大葱和切成片的生姜,边告诉我们:这刚在滚水里汆去牛肉里的血腥味,离烧熟还早呢。

围着灶台,小眼睛紧盯着母亲的一举一动。母亲放入两个八角了,母亲舀了一小勺自家酿的酱放进铫子了,母亲在里面撒了一点盐,母亲倒进了一点香油。突然,母亲站在灶台前发了一下愣,随即转身在门后找出一根竹竿,对我和妹妹说,走,我们打枣去。

家门前有一棵枣树,入秋以后,被我们一帮伢子渐渐打摘,喂了馋虫。只是高处的无法够到,在风霜里变红,点缀在树梢。母亲用竿子将红枣打下,我就和妹妹在地下拣,满满的一蓝边碗。

母亲将枣子洗净,倒入铫中,又兑入开水,捂上盖子。灶膛里又燃起柴火,不是熊熊燃烧,是小小的火焰跳动。母亲说,这叫炖。

时间不久,随着铫子口沿冒出的热气,一股诱人的香气飘满整个屋子。还没有一堂课的时间,牛肉炖红枣就真正烧好了。盛到盘中,那酱色的肉、深红的枣,看着都眼馋。那顿贫困日子里的一顿美味,至今萦绕在心头。

后来知道,牛肉炖红枣是入冬后一道补虚养身的食谱。也曾在寒冷来临的日子,按照母亲的做法炖过几次,可总感觉少了一点什么。也向厨师请教,烧炖的步骤及添加的佐料也大致与母亲的相同,仍是不够味儿。少了什么,是那份已失去的母爱的温馨吗?

冬将至,在寒意袭人的日子里,炖一锅牛肉红枣吧,让它滋补我们的身子,红润岁月的脸颊。

母亲的鞋

天气转寒,在鞋柜里翻寻棉鞋。见柜角里有一布包裹,打开一看,是一双黑灯芯绒面的棉鞋,猝然的,一股暖意便直达心窝。

这是一双手工缝做的棉鞋,厚厚的千层底,绒绒的内里,是母亲生前为我做的最后一双鞋。母亲走后,不舍得穿,就一直收在鞋柜里。

母亲一生不知做过多少鞋。在我儿时的记忆里,母亲总是坐在煤油灯下,不停地缝纳鞋底,那"哧哧"的拽动针线的声音,无数次地伴我入眠。往往是一觉醒来,母亲还在昏黄的灯下做鞋。做好的鞋子就挂在床头的柱子上,大大小小的一串,有棉鞋、单鞋,样式各异,分别是我、姐姐、父亲和爷爷、奶奶的。母亲自己的鞋子总是最后才做,有时料子不够,就用不同颜色的边角料拼凑。

母亲做的鞋,样子很"俊",穿在脚上漂亮而舒适,厚厚的底被刷上桐油也特别耐磨。经常有村中的婶娘媳妇向母亲索要鞋样。

后来全家迁到城里,人们脚上穿的,基本是商店里购买的当时一种叫"解放鞋"的运动鞋。穿手工布鞋的虽然越来越少,但母亲每年在冬季来临前还是要为家中的大人小孩一人做一双棉鞋。

随着生活的不断改善,市场的繁荣,各类运动鞋、休闲鞋、皮鞋琳琅满目,再加上母亲年岁渐大,也就不再做鞋了。只是在我们几个子女结婚添子时,母亲才重操针线,为孙子们缝制出几双栩栩如生的虎头鞋、狗头鞋、小猪鞋之类,工艺品般的小鞋穿在孩子们的脚上,那真叫精神。

偶尔也为母亲买几双鞋,母亲不是说颜色艳丽了,就是讲样式不好,其实,我知道母亲"找碴"的真实原因是怕我们花钱。鞋柜的一隅有几双崭新的鞋,那是我们买给母亲而母亲一直未舍得穿的,没想到,它们就永远留在柜子里,成为我的记忆与怀念。

母亲为我做这最后一双鞋时,已快七十岁了。她见我冬夜伏在电脑前写稿,经常冻得直跺脚,就找了两件旧棉布衣剪了糊成鞋底布,又花了足足一个星期的时间纳鞋底、做鞋面,把鞋里蓄了厚厚的棉花,做成了这双十分暖和的棉鞋。

知道母亲是为我做棉鞋,曾埋怨母亲,市场上棉鞋多得很,何必花这工夫? 母亲说,那五花八门的,哪有自家蓄棉花的暖和。现在想起母亲面戴老花眼镜,一针一线地坐在桌边为我赶制棉鞋的情景,不禁暖从心起,泪从眼下。

将棉鞋慢慢套上脚,还是那么的合脚、温暖,心中感觉,这个人生的冬天不会寒冷。

母亲那张空着的床

母亲的房间里一直放着两张床,一张是她自己的,一张空着。虽然空着,也是枕被垫盖齐全,叠铺得整整洁洁。

父亲在世的时候,老朋老友不少,老夫妻俩也不甚寂寞。但父亲一直让我们一家三口搬过来住,好将这套房转给相对困难的我们。直到父亲病重的时候,正好我们住的房子又赶上拆迁,这才搬过来。儿子要上学,我要上班,妻子整天跑业务,父亲走了以后,母亲一人在家就很寂寞,大多数时间老人就是看看电视。虽然家中订了好几份报纸杂志,但那些花花绿绿的新闻引不起她的兴趣。

每遇节假日,母亲便扳着指头数日子,或是不断地催促我们给在外地打拼的哥哥姐姐们打电话,询问他们是否回来,什么时候回来。这时候,母亲会将那张空床上从没用过、干干净净的铺盖又重洗一遍,将被絮抱到阳台上晒了又晒。

子女们回家,是母亲最开心的日子。儿孙十几个济济一堂,老人的笑声不断,桌上摆满了她一次次跑超市购回的、十几个人十几天也吃不完的各类水果零食。夜晚,老人也每每打破一直坚持的睡眠规律,和儿女们做彻夜长谈,女儿媳妇们挤在母亲的床上,儿子女婿就拥在那张空着的床上。柜子上的电视自言自语,孙子们打打闹闹,老人脸上的皱纹像一朵盛开的菊。乐融融的房间里,一只快乐的老母鸡带着一群叽叽喳喳的小鸡。

几天假期一过,儿孙们就要走了,母亲总是一遍遍地询问着下一次的归期。而后,又将那张空床上的垫盖洗得干干净净,铺放得整整洁洁。

眼看中秋节就要到了,母亲又在一遍遍地收拾那张空床。因为遇上几天阴雨,老人便从柜子里拿出一套崭新的床上用品。看着老人一遍遍地抚摸着铺叠好的床被,我的心里湿湿的。

一只圆圆的老月亮,静静地挂在天空,暖暖地照着儿女们的归期。

爱得太少

　　爱是永恒的主题。几个文人相聚，话题自然说到爱。做策划的 Y 突然说了句："在我们能够爱的时候，我们爱得太少了。"一句话，让一位善感的女诗人当场潸然泪下。我也被这句话深深震动。

　　Y 是一个不甘寂寞的人，在爱情上，他是不能说爱得太少，而是爱得太多了。曾经因为"爱"的潜规则，还被媒体曝炒过。我不知道他说出"爱得太少"是一个风流才子的故意煽情，还是有感而发。作为一个对他十分了解的朋友，他实在是一个"爱"的矛盾体。一方面，他放荡情感，到处示爱，爱得太多；一方面，他又置家庭几于不顾，对妻子、子女、父母，爱得太少。

　　生命不息爱不止。如果朋友 Y 发出的感触是一种心灵的幡然悔悟，人生之大幸也。但不管他是出自何种心理发出的感慨，"在我们能够爱的时候，我们爱得太少了"，实是一句精辟之言。

　　想想我们，对父母给予自己的呵护、关爱与温暖，有多少人不是习以为常，几近麻木。我们唱着《常回家看看》，可又有多少人能常陪护在父母身边，帮妈妈洗洗碗、与爸爸聊聊天？就是我自己，对父母所给予的一切关心、帮助与支持，也何尝不是视作当然？遇到不开心的事，有时还向白发的老人发发脾气。当那一天，父母都离开人世的时候，我才后悔，在他们在我身边的时候、在我还能爱的时候，我爱得太少。

糟糠之妻老来伴。与我的妻子相识、相爱，已风风雨雨走过了二十多个年头。爱情的激情过后，在平淡的生活里，我忽视了多少细节，对妻子为我、为子、为家庭付出的辛劳与心血，又何尝说过几句感谢。那一天，当我猝然发现妻子眼角深深的鱼尾纹，我才心痛地感到，我对妻子实在是爱得太少。当我轻轻地拔去她顶上的一根白发时，我在心里说，爱人，此生将执子之手，与你偕老。

父母对子女的爱是不求回报的，在他们有生之年，我们即便不能做到反哺以濡，也要常抱一颗孝心，侍奉左右。"父母在，不远游"，此话虽已过时，却表达了一份现代人很难做到的子女对父母之爱。

现代生活节奏加快，生存生活环境压力越来越大。我的同学、同事、朋友中，已有多人英年早逝。在我一次次聆听他们家人对逝者的追忆与念叨里，无不表达着这样的忏悔：在他们活着的时候，爱得太少太少了。

生命是有限的，而爱是无限的。在我们还能够爱的时候，好好地、真诚地爱一回吧，别让自己，再有"爱得太少"之感叹。

释放空间

下载一组图片时，屏幕突然跳出提示：空间已满，无法储存。心里吃了一惊，怎么会将电脑储满了呢？

打开电脑内存，一个个盘子点击查看，发现里面果是存了太多的程序、

图片、文档等。赶紧寻找一些无关紧要的东西来删除。可看看这个舍不得，看看那个又觉得重要，花了半天的工夫，才恋恋不舍地删了一点东西。

坐在电脑前，忽然就想起艺术大师李可染的一件小事。李可染年轻时特别喜欢京剧，达到痴迷的地步。一次，他离家后，竟在外面蹲了几天几夜。回家后，妻子问他到哪去了，他说一直在戏院里听京剧。妻子说，如果你这样经常把时间花费在京剧等一些爱好上，你的绘画技艺就难得精进，谈何成就？李可染深有触动，痛下决心，从此不再迷恋京剧、二胡之类他曾经的嗜好，潜心作画，终成一代大师。

人的一生就像一台电脑，它的容量看来够大，却总是有限的，我们不能毫无选择地把什么都往里面存储。闲暇的时刻，我们有必要打开生活的空间，好好地检索一下，将那些可有可无无关紧要的东西卸载删除。这样，我们才会有更大的空间来存放自己的理想与追求。

现代社会，我们的生活也像一台高速运转的电脑。常常听到抱怨，生活节奏太快，生活压力太重。其实，在疲于奔命的日日打拼中，我们为什么不能暂停匆匆的脚步，在紧张的日子里释放一点空间，去亲近亲近风光自然，去感受感受亲情友情，去享受享受佳肴美味？哪怕是抬头看看天看看云，也是一次释怀。

感慨之余，重新握住鼠标，取舍已变得轻松。点击间，电脑的空间已被我大大释放。

胶片上的时光

再次走进电影院，自己也不记得已隔了多少年。宽大的屏幕、立体的音响、豪华的装饰、舒适的环境……一切都非同往日。屏幕上放映的，也正是一部所谓大制作的影片，可一个多小时坐下来，却寡味索然。

当年像吃了鸦片一般地喜欢电影的迷劲哪去了？走出影院软软的地毯，在一片失望与迷茫中，不免回忆起那曾经"我为影狂"的日子。那些美好的日子，如同一部保存完好的老黑白胶片，一幕幕在眼前放映。

20世纪六七十年代，我还是一个乡下孩子。那时候在农村，一年到头难得看到几场电影。每当在村头的空地上看到有人树起两根杆子，拉起一方小小的白幕布，村里就像过节一般的热闹。早早地，就和小伙伴们在幕布前放下砖块、小凳，急巴巴地等着天黑。有时知道邻村放电影，不管多远，也要跑去看。《地道战》《地雷战》《南征北战》《英雄儿女》……以及八个样板戏，不知看了多少遍，甚至都能背出里面的台词，总是乐此不疲。那些黑白的老电影，给枯燥的乡村生活和我的童年带来了多少乐趣与回味。

到了上学的年龄，进了县城。县城里有一家电影院，天天放电影。轮流上映的大部分是那些乡下看过的老片子，也有国外社会主义国家的《多瑙河之波》《摘苹果的时候》之类的电影。进电影院看电影是要买票的，将平时父母给的零钱攒着，凑足了一毛，就钻进了电影院。有时放映没看过的

电影,小口袋里没钱,向家长又讨不到,就心惊肉跳地夹在进场的人流中,像一只老鼠般地一蹿进去,一面看着屏幕上的放映,一面防备着工作人员的查票。也就是在那人群拥挤、空气混浊的影院里,第一次看到了彩色的电影。

改革开放以后,港台、欧美的影片传了进来。终于在屏幕上看到了一直封闭的所谓资本主义的生活与故事。原来,人类的一些东西是不分姓资姓社的,比如正义、情感、对美好生活的向往。而影片里的摩天高楼、疾驰的车流、霓虹闪烁的夜晚、室内豪华的装饰,令人向往。电影里表现出来的一些生活方式、观念、新潮服饰等,也深深地影响引导着当时一代年轻人的生活潮流。我也是在那个年代留起了长发、穿起了喇叭裤花衬衣。

八九十年代,城里的影院多起来,国内新拍的片子、港台欧美引进的片子几乎每天不重复地放映。这时,我也开始恋爱。像那个时期大多数的年轻人一样,基本每天都有一两小时的爱情时光是在银幕下度过的。我们随着银幕上的喜怒哀乐而哭而笑而愤而悲,紧紧把握着身边的幸福。那是一个电影辉煌的年代,影片里的主角以至演员都被当作英雄一般地推崇爱戴。

什么时候不再走进影院了?是彩色电视机的普及、碟片的泛滥、网络的盛行?是动且千万、上亿的粗制滥造?还是演员浅尝即止的粗劣表演?或许都有。所谓戒毒难,为什么戒掉一个时代的"影毒"却如此的不知不觉,如此的简单?

影片上的革命英雄主义曾影响着一代人的人生方向;欧美片传递来的信息,也曾一定程度地激发我们对美好新生活的强烈追求;那些苦难的人生、纯真的情感、深入的刻画表演,又打动了多少人的心灵?而我们现在有什么?难道只剩下胶片上那些旧时光的回味,像一部黑白老片?

琐碎的幸福

我们对痛苦的记忆要远远深刻于幸福。因为人类脆弱的情感总是向往快乐，而难以承受生命之重。人们常常把痛苦比作一把刀，它不但绞割着我们软弱的心，也在我们柔嫩的记忆里刻下伤痕。

对幸福的比喻往往是丽日、和风、细雨，不是有一首老歌叫"幸福就是毛毛雨"吗。毛毛细雨般的幸福拂过我们的脸膛，润物无声，潜入苍茫。

有一句俗话，叫"身在福中不知福"，大多数人都是这样。我们愿意忘记痛苦忧伤，却总是有意无意地揭起伤疤。其实是我们在不自觉地放大着痛苦，而淡漠了身处的幸福。

比如我目前做着的这份企业报编辑工作，公司下面许多员工钦羡。可整日的改稿、审稿、采编、写材料，让我渐觉烦琐与无聊，甚至感觉工作不轻松。

夏天时，集团下面一个子公司请我去报道一下他们战高温、夺高产的情况。本是高温季节，一步入生产线，更是热浪扑面。因为，这个公司生产的产品必须经过高温处理，十多条近百米长的大烘箱运转着，生产车间内的温度高达 50℃以上。汗从我肌肤上立即溢出、流淌。看生产线上的员工，人人汗湿工作服，可以大把地拧出水来。而在一台出现故障的设备旁，几位检修工人更是汗如雨淋，油污和着汗水糊在酡红的脸膛，已快看不清本来面目。

回到装潢考究、空调整日运转的办公室，我深有感触地对报社同事说：

两相对比,我们的工作是多么舒适幸福。

我们整日为生活奔波,如果没有大的变化,日子便好似一张张复印机里吐出的 A4 纸。在这看似重复的日子里,我们麻痹着自己的感觉与感触,忘记着许多幸福就在我们身边。

生病的时候,我们才感觉健康的重要;感情破裂的时候,我们才知道家庭的温暖;失业的时候,我们才懂得工作的快乐;失去生活方向的时候,我们才理解追求的甜蜜……

其实,我们日日时时处在幸福之中,只是,这些小小的幸福需要一个背景去衬托才能放大,让我们日趋麻木的神经感觉到。

比如甘肃舟曲这个被誉为"不二扬州"、"藏乡江南"的美丽小城,如果没有那场特大泥石流,那里的人们也就平静地生活着,平静地在秦岭、岷山之外,很少有人知道还有一个叫"舟曲"的小城,平静得如同那场灾难降临之前的夜色与睡眠。从那场噩梦中逃脱的人,才深深地领会,简单的一个活着,该是多么巨大的幸福。

而面对舟曲、玉树、汶川这些人类的灾难,难道我们不深深地感觉,自己拥有的这份生活该是多么珍贵,身边这些琐碎的日子原是多么幸福的时光?

人生有多少大喜大悲?用感触的眼光、感激的心灵、感恩的情怀去面对,生活将满载幸福,幸福将无比放大。

幸福指数

　　美国盖洛普市场及民意调查公司弄了一个幸福指数,包含物质拥有、信仰、情绪状态、工作满意度、饮食习惯、疾病、压力程度等生活质量指标,来衡量生活的美好程度。以此为指标公式,盖洛普在全美寻找最幸福的人,最终,一位生活在夏威夷州檀香山市的六十九岁华裔老人阿尔文·王符合这个标准,成为全美最幸福的人。

　　当媒体蜂拥而至,采访这位老人时,王先生说:我确实是一个非常幸福的人,但不在于物质的拥有与多少。我的人生哲学是,如果你不能悠然自在地面对生活,那么你的生活将会非常糟糕。

　　正好,这几天国内媒体正不断地对一个复旦大学青年教师的事例进行报道——

　　于娟,女,三十一岁,海归,博士,复旦大学优秀青年教师,一个两岁男孩的母亲。看了这个短短的个人简历,相对于我们生活在底层的普通大众来说,她应该是幸福的吧?

　　然而,一年半前,于娟被查出乳腺癌晚期。此时,她刚回国参加工作3个月,并一下拿到了四个课题,一岁多的儿子也刚会叫妈妈。一切才刚刚开始,生命却要戛然而止。

　　于娟不甘心,开始与癌症作抗争。她躺在病床上,开设了博客,博名叫"活着就是王道"。她在博中写道:"我想我之所以患上癌症,肯定是很多因

素共同作用累积的结果，但是健康真的很重要，在生死临界点的时候，你会发现，任何的加班，给自己太多的压力，买房买车的需求，这些都是浮云，如果有时间，好好陪陪你的孩子，把买车的钱给父母亲买双鞋子，不要拼命去换什么大房子，和相爱的人在一起，蜗居也温暖。"

鸟之将死，其鸣也哀。什么叫幸福，活着就是幸福，健康就是幸福，拥有的一切都是幸福。

人在一定的时期、一定的环境，幸福的感觉与要求都是不一样的。身无立锥之地时，想有一间茅棚遮雨，有了避寒挡风的房子，又渴望装潢考究的别墅；无工作时想做事，有事做时又抱怨薪水太低……

人的欲望是无止境的，我们总是无休止地向生活索取与奢求，总以为丰富的物质、富裕的生活、奢靡的享受就是幸福。我们追名夺利，不惜损害自己的健康、耗损自己的生命。我们在奢望和功利面前不能放松自己的心态，不能停下自己酸痛的脚步抬头看一看蓝天上悠闲的白云。

阿尔文·王是幸福的，幸福在于他面对生活的"悠然自在"；于娟是不幸的，她以她的不幸让我们感悟：房子、车子、金钱，"神马都是浮云"。

简单幸福

央视在 2012 年国庆期间开播了一个"走基层　假日调查——你幸福吗？"专栏。栏目采用现场直接发问的方式，询问路人的幸福感。面对记者突如其来"你幸福吗？幸福是什么？"的发问，民众的回答五花八门，却真实可信。

在众多的回答中，我们听到的是：有个女朋友；下班后有一声老婆孩子的问候；把女儿供出来了；能和老伴一起牵手散散步；能挣钱改善生活……诸如此类一些很普通的幸福观。原来，幸福就是这么简单，它就在我们每一个人的身边，唾手可得。

一位大学生在面对镜头时回答："我今天不幸福，因为刚和女朋友分手了。"原来，幸福是具有对比性的，当你身染疾病时，你会觉得健健康康就是一种幸福；当你连日疲劳工作后，假日休闲就是一个享受；当你人在天涯时，相聚团圆就是一份快乐。这就是回答记者"我很幸福"老年人居多的原因。因为，经过人生的磨砺，他们才知道拥有的现在及一切是多么的不易。

幸福的感觉不是什么标准能衡量的，正如一双鞋子穿得舒不舒服，只有脚知道。

有的人腰缠万贯，却感觉不到生活的快乐；有的人豪车美宅却在诉说日子的无聊。有的人寒衣素食，却感觉花好月圆，生活充满诗情；更多的人平平淡淡，却在"从从容容才是真"中体味人生的美好。一位年逾古稀的老者在回答记者时说得好："穷也过，富也过，幸福就是自己能在生活中找到快乐。"朴实的话语一言道破幸福的真谛。

幸福不在于你想得到什么，而在于你拥有什么。如果倒回三十多年，那时的生活"三大件"是手表、收音机、缝纫机；如今，"三大件"变成了房子、车子和票子。几十年前，一家三代挤在几十平方米的屋子里也觉乐融融；如今，一些人家有好几套房子也不觉得舒服。时代在发展进步的同时，一些人的欲望也越来越高，心变得越来越小。一个被物欲填满的心胸，怎么会容得下那些单纯的幸福？

幸福还在于自己的发现。物质生活的极大满足，精神生活的极大丰富，当然是幸福的重要元素，但更多的幸福感觉来自于我们自己去发现生活中那些琐碎的快乐。生活原本就是一些极其平常的小事点滴积累，细细地品

味那些平时忽略的点点滴滴,把他们串起来,就是挂在我们胸前的一条幸福项链啊。

淡淡的忧伤

我时常怀疑自己是否有点矫情。譬如此刻我一个人静坐在案前,竟毫无来由的,心头涌起一缕忧伤。这种感觉,既不是伤心,也没有痛苦,它好似一杯冲泡的咖啡,那袅绕的氤氲里,有一丝苦,却分明有一丝甜。

这缕忧伤仿佛是飘浮在空中的一缕雾气,似乎找不到来处,也没有落脚。它在心空里无声地飘荡着,如春雨霏霏,若秋雾迷蒙,感觉竟是一丝惬意的享受。

诗经有句:"我心忧伤,惄焉如捣。"忧伤到好似有东西在撞击,是痛苦难忍的。人生不经历大挫折,是不会有这样的情绪和感受。这样的忧伤太重,心理脆弱的人难以承受,经历太多,会降低生活的幸福感。

"小人但咨怨,君子惟忧伤。"像我这等寻常之人,自然也没有韩愈那样大家的情怀。韩愈诗句里的忧伤,分明潜蕴着一份高尚,和一份积极的人生态度。

但这都不是我心头的这缕淡淡的忧伤。这缕忧伤,既不消沉萎靡,也不激励奋发。它平淡如茗,细细品啜却滋味悠长。

将音响打开,一段轻柔舒缓的音乐流淌出来。倚在椅背,仰望窗外苍茫的天空,我极力要抓住这缕状若游丝的忧伤,辨捋出它的来路和去向。

有一些影像显露出来,虽然模糊,但已能辨出他们的模样。有一些往事浮出脑海,虽然零碎,但已能看见它们的履痕。原来,这淡淡的忧伤,就是一丝思念,一丝怀想,一丝失落,一丝惆怅,一丝缠绵,一丝留恋……这些极轻极淡的仿佛又说不清道不明的情绪,交融着,纠缠着,调拌出这缕淡淡的忧伤,在心灵毫无准备之时,沿时光的缝隙潜入了情感的天空。

人生有多少大喜大悲,生活不总是平淡苍白。这猝然而至可遇而不可求的淡淡忧伤,让人生在跌宕起伏间有了舒缓地流淌,让生活在单调乏味中有了一丝特别的滋味。

这淡淡的忧伤,是失去后的一丝珍惜,是失落后的一丝振作,是凌乱之后的一次梳理,是沉淀之后的一次品味。它似一缕轻烟,给情感一次升华,它像一泓清泉,给心灵一次洗涤。

忧伤散尽,我听见窗外生活的喧哗,耳畔的音乐,也正从轻柔的铺垫走向高潮。

打印人生

日子就如打印机里的一叠 A4 纸,如果不给它一些打印指令,它就是一张张空白的重复。

从时间的出纸口吐出的,又是一张空白的日子。

　　大脑是空白的,行走是机械的。就在走过公司大门时,看见墙上的一张讣告。不经意的一瞥,却让我停下了脚步。因为,那上面不只是写着一个我熟悉的名字,而是这个名字的后面那张年轻的面孔。

　　离开这个世界的,是我曾经的一位女同事。我曾在集团下面的这家分公司与她共事过几年,留在我的印象里的,是一位健康、开朗、活泼、能干的女子。可谁知,病魔过早地拿走了她的生命,就像一张正在打印的纸张被唐突地从机子里抽出。

　　突然感觉生命的脆弱,脆弱得就如同一张单薄的纸张,被命运无谓地拿在手中,或折叠,或揉搓,或随意地抛弃。

　　面对突然的离去,又倍觉生命的珍贵。即使日子单调乏味得如同一张张空白的 A4 纸,它总有打出美好文字的那一天,总比一场撕毁与抛弃多出一份等待、多出一份希望。

　　想起胃痛时在医院做胃镜检查的那一天。在我前面做检查的是一位三十岁左右的年轻人,做完胃镜,医生问他,有家属陪你吗? 他答:就我自己。医生说,那我就不得不告诉你了,你是胃癌。年轻人立即就蹦了起来,怎么可能、怎么可能?

　　是啊,怎么可能? 当一朵花刚刚打开它的花瓣时,怎么可能凋谢? 当一棵苗正在阳光下茁壮生长时,怎么可能夭折? 当一张白纸还未写上优美的字词、还未画上绚丽的图画时,怎么就舍得丢弃?

　　可谁能在春天里预料一场倒春寒? 谁能明晰一场大风起自何处,一场雨雪来自何方?

　　人生有太多的意外、太多的唐突。面对一场突然的离别,心里如此深刻地感觉,即使日子是一张张空白的重复,总有日出月落、风起云涌;即便生活乏味得如同一页页单调的空白,也有四季更替、天地情长。

　　更觉得,活着,就要向生活发出指令,打印出生命的内容,写下真我。

公交人生

    每天上下班要坐几趟公交。或在站牌下枯燥地等候,或在车厢内无聊地站立,不免胡思乱想,觉得这乘公交还真暗合一点人生的道理。

    匆匆忙忙地赶到站台,经常眼望着一辆公交绝尘而去。叹息之余,生出感慨,这人生的公交线路上,总有一班车你是赶不上的。可换一个角度说,也总有一班车你是会乘上的。只是,要安下心来,千万别分神误了下一班,那样,你就有迟到、被领导批评,甚至是罚款记过的可能了。

    有时,车来了,车厢内人满为患,乘客一个个像挤扁了的油条,哪里容得上你插上一只脚?于是,你只得盼望下一辆车子的身影,眼巴巴地,像初恋时在守在一棵树边等待爱情的到来。人生就是这样,有时一辆车众人争上,谋求早一点到达目的地。岂不知,换乘下一辆,它同样把你送往目的地,而乘坐环境可能非常宽松,速度也往往更快,有时就从人满为患、气喘吁吁的那辆公交车旁超越而去,提前到达。

    上了车,有一些人站好了位置就不愿移步,任驾驶员喊破了嗓子,他就像一根木桩定在那,弄得后面的上不了车不说,还白白耽误了发车的时间。殊不知,在人生的公交上,我们都不过是匆匆的过客,把一点位置让出来,给他人一点空间,将减少一份他人的焦虑,多一份宽松和睦。

    坐上车,人们都很放松。聊天的、听音乐的、闭目养神的、观看窗外风景

的……谁都不用担心这辆车不会把我们送到自己要去的地方，更没有人会担心这辆按部就班的车会出意外。车停车开，人上人下，就像我们麻痹的人生、麻木的思想、钝拙的生活，见惯不惊。一例偶然的事故，也不会警醒多少心灵，却往往成为我们下车后的趣味谈资。

下车后，曾经相处一车的人们各奔东西，非特殊情况，没有谁会在意谁，没有谁会记起谁。或许，也有一两位像我一样愚傻的人，在痴痴地想着这短暂的公交旅途里寓含的人生。

没有故事的人生

几位人到中年的朋友相聚，其中一位忽发感叹：此生无故事，人生一大憾事也。

问如何发此感慨，回答说：到了如此的年龄，工作、家庭、生活基本趋于稳定，生活一如止水，恐再不会起什么波澜。而回首往事，没有一场轰轰烈烈的爱情，没有一番惊天动地的事业，没有人生的大喜大悲，也没有什么出轨与闪失，循规蹈矩、平平庸庸几十年，怎不遗憾？

在场的几位朋友听了，在"审视"了一遍自己的履历后，皆叹道：如此说来，我们都是遗憾人生了。

按照朋友"轰轰烈烈、惊天动地"的标准来衡量，我们确属无故事的人。而这世界上，又有多少人是有故事的呢？芸芸众生，出人头地者毕竟凤毛麟角,多的是平凡的人生,庸常的生活。如果抹去亲人的牵挂、朋友的关注,我们都将销声匿迹在这喧嚣的世界、淹没在这纷繁的日子。如一棵繁茂大树上,谁能看出一片叶子特别的模样。

人生不是电视剧,不会有那么多的悲欢离合,不会有纷至接踵的喜怒哀乐,不会有太多的大起大落,不会有眼花缭乱的奇缘巧合。人生多的是家长里短,多的是琐碎的生活,多的是单调的时光,多的是重复的季节和昼夜。

我有一位朋友,从两手空空打拼,直至拥有千万资产,事业如日中天时,身边的情人要排到小三之外。当有一天,他构筑的大厦在风雨中突然倾倒,人生重新跌入低谷时,他尝到了众叛亲离、孤苦伶仃的滋味。他的经历应该合得上"轰轰烈烈、惊天动地"的标准吧？一次,在与我谈心时,他却发自内心地说:真羡慕你的生活。像我这样一份平平淡淡从从容容的生活,在他历经沧桑的眼里是那么的安逸、幸福。然而,曾经沧海难为水,经历过"故事",他的内心早已被欲望填满,再难回到从前,过像我这样清贫却平安的日子了。

其实,剔除"轰轰烈烈、惊天动地"的标准,我们每个人都是有自己的故事的。只是我们的情节不离奇,叙述不浪漫,故事不精彩而已。我们的日子就像重复出现在镜子里的那张面孔,日日相似,似乎看不出岁月的变迁。但人生就是一出戏剧,平淡也罢、跌宕也罢,谁也不能阻止我们的演出,谁也不可以把我们赶下舞台。

现在有一种"小幸福"的说法,很得我欣赏。健康、平安、安定、知足,以及一些意外的小惊喜、小收获,就像散落的一粒粒小珠子,当我们用心把它们串起来,就是一串晶莹剔透的水晶珠链。它挂在我们寻常的日子里,靓丽着我们平凡的生活。

摄影人生

闲暇时,喜欢背上相机和一帮摄友去拍拍风光。拍摄之余,摄友们总要在一起互相欣赏彼此相机的图片。而每每看见我机内摄取的图片,总有人惊叹:怎么拍得这么漂亮?

我用的是一部入门级的单反相机,许多功能都还不会用,基本打在自动挡上"傻瓜"式地拍摄。而朋友们手里的器材,"长枪短炮",装备精良,拍摄中还不时地调着光圈、速度、白平衡之类,讲究技术。可同样的景色,同样的位置,为什么器材比我好、水平比我专业的摄友,却经常觉得拍得不如我这个业余爱好者呢?

细想一下个中缘由,觉得这摄影里面也是蕴涵着一点人生况味呢。

遇到好的景色,摄友们恨不得一镜摄取全部风光,只怨手中的镜头不够广、不够远。许多人以为,所谓的"大片"就是辽阔深远,万千气象包罗。殊不知,真正好的图片是有取舍的,什么东西该入境,什么东西该舍弃,要看画面表达的主题。因此,同样的景色,同样的位置,摄入各自相机里的构图是不一样的。就像人生,你不能也不可能什么东西都摄取。有舍才有得,舍得之间,生活才充满韵味。

面对一丛花,许多人可能专注花蕾含苞之娇美、花朵绽放之鲜艳。而我可能关注的,是花瓣上的一滴露珠、花蕊里的一只甲虫。生活本就是由一个个的细节构成,关注细节,发现寻常景象之外的美,你才会有和别人不一样的感觉和收获,这种生活中普遍存在却往往被忽视的小细节,给了我们许多意外的惊喜。

一片芳甸是美的,但一茎嫩绿的草叶或许更能表达春天;一棵树是苍老的,但一根遒劲的枝杈或许更能表达沧桑;一座村落是古老的,但一面墙上的水渍青苔或许更能表达岁月。表达是一种方式,一种策略,侧面含蓄总比直接直白要美,要耐得住咀嚼回味,滋味悠长。就如同我们对生活的表述,对爱的表达。

大到天地山河,小到草叶虫蚁,俯拍和仰视的感觉是不一样的,顺光和逆光的效果是不一样的,微焦和远拉的表现是不一样的。一样的物体,因了我们站立的角度不同,而有了不同的美之感受。其实,人生又何尝不是如此,换一个角度看待事物,变一个视角思考问题,以创新的方法改变陈旧的模式,原来生活有诸多的新颖,诸多的美好,诸多的精彩。

合欢

夏天的原野,林木葱茏,草叶丰茂。繁盛的植物织就的绿色,像一张硕大的伞衣,覆盖着大地,遮挡着骄阳。

站在一棵合欢树的阴凉下远眺,看见风动的影子,宛如一条温润的绸缎滑过青翠的草叶,带来清新的气息。抬头,树上的合欢开得正艳,仿佛一群

手持粉红折扇的小女子,在枝头叶间和细碎的阳光下舞蹈。

以前不认识合欢树,便不觉花开之美。当某一天,一位面粉如花的女子告诉我,这小折扇一般打开的花树就叫合欢时,诗意和浪漫就猝然盈满胸间。

有时,那些被告知的名字是如此的熟悉,仿佛前世的宿缘,一下子站到了你的面前。认识植物,也就像结识朋友一般,当你能一一叫出眼前植物的名字时,也拉近了彼此之间的距离,让我们变得亲近。

忽然想起多年前,十几个诗人发表了一个所谓的宣言,其中一条就是:一个诗人要认识二十种以上的植物。记得当时读到此条时哑然失笑。在三十五万个植物物种中把认识二十种作为一个诗人的要求,标准实在太低,而诗人们却以为了不得呢。由此可以想象诗人们对植物的可怜认知。诗人是多情的,当我们都不知道对象芳名何许,就可以胡乱表达感情吗?难怪说诗人滥情,难怪下里巴人们越来越读不懂当今诗人们的阳春白雪。

几十年前,上山下乡的知青们把田里的麦苗认作韭菜还情有可原,因为两者太相似了,城里的孩子一下子哪里分得清。但是,当我们连身边生长的枝叶花草都无以为识时,真是愧对了她们的奉献。

植物是生命的主要形态之一,与人类相伴相依,是人类的好朋友。她们沉默着,从不与人类相争,只有奉献,像一位位贤淑的女子,糟糠相伴,荣辱与共。她们果饥腹,调胃口,遮酷暑,保温暖,奉花香,展美色,让生活充满生机,让世界充满色彩。

据科学研究,植物也是有情感的。她们有的会随音乐起舞,有的会在赞美声中舒展枝叶,在人类的善待下,会枝繁果硕叶壮花丽。但是,植物也是会报复人类的,当我们滥垦滥伐,当我们无度地索取,我们就会接受沙尘的袭击、洪水的肆虐,接受水源的枯竭、土地的皲裂。

抬头张望美丽的合欢,忽然感觉,这合欢的名字何止是诗意浪漫,它还富含着植物与人类相依为伴的哲理。合欢,才是和谐的世界,才是繁荣昌盛的世界。

活在圈中

你自觉或不自觉地生活在一个个圈子中。

点开博客，有博友邀请你加入他的圈子。打开QQ，一个个圈子在向你招手。进入网站论坛，也有划定的栏目，把你归入相应的圈子里说话。这些圈子都按其志趣爱好、性质特征等圈定范围并为其命名。

而在现实生活中，人们工作、交往、生活的圈子就比较宽泛了，也很少有人专为其命名。

物以类聚，人以群分。人的交往就像流水一般，自然地沿着人脉的走向，汇往集聚的塘池或湖海。养鱼养虾，或是鲸浮鲨伏，那是圈子的品位与气象了。

想了解一个人，不妨先了解一下他生活交往的圈子，这真不失为观察一个人的好方法。

过去看《三侠五义》《水浒传》等侠义小说，经常看到两位正在过招的对手中，有一人"突地跳出圈子"，于是另一位也就立即停下拳脚。心想，这以命相搏的争斗，双方还划定什么圈子吗？恐怕古人比现代人更讲究侠义，更具君子风范吧。

现实生活中，也有人"突地跳出圈子"的。这跳出圈子的，或是在圈中受到了伤害，或是因为圈子的变化，已是"道不同不足与谋"。大街上，两个

温情岁月
第二辑

熟人碰面,一个问:老王,好长时间没来打牌啦?一个答:喊,那几个家伙牌风太差,我不和他们玩了。瞧,又一个跳出圈子的人。

也有被迫跳出圈子的。实际上是被赶出圈子的。比如"艳照门"事件后,陈冠希就在强大的舆论攻势下,退出了香港娱乐圈。据说,陈冠希有重入娱乐圈的欲望,但退出容易,进入可就难了。你不见金庸、梁羽生的武侠世界里,退出江湖,只需弄个金盆,在里面洗洗手即罢,而进入江湖,你要没那几招过硬的本领,是甭奢想什么扬名立万的。

圈子起于何时,应该无人考证。自己估摸着瞎想,远古时期的氏族部落怕是人类最早的圈子吧?

社会是个大圈子,在这个圈子中,人们为了各自的利益,站在不同的立场,又结成不同的小圈子。比如宋时,围绕改革与守旧,王安石和司马光就结成了针锋相对的两个政治圈子,许多名流大家也随着这两个圈子的沉浮而浮沉。而唐时的"朋党之争"该是中国历史上最有名的"圈子事件"了。圈子结到了国家管理层,就非同凡响,甚至能决定历史的走向。难怪唐文宗为此感慨:"去河北贼易,去朝廷朋党难。"

圈子带上政治光环,染上功利色彩,就让人有点望而却步。于是就有扬州八怪、竹林七贤这些圈子的出现,他们的入世出世、放荡不羁、视功名利禄如粪土的超然行径与心境流芳千古。

在我们这个地球上,除了人类,大自然也有它的圈子。比如大气圈、生态圈等。动植物们结成的圈子,少了人类的功利与倾轧,只是简单地生长生存。而这些自然的圈子又被人类践踏与破坏,以至人类不得不自己喊出:保护环境、保护地球。

其实,地球也就是在宇宙中转动的一个圈,生活在这个圈子,我们小如一只蚂蚁。

第四辑
诗意人生

　　一杯清茶，一卷诗书，细细品读古人的这些纳凉诗，景深、意美、心静、气朗、清爽之意徐徐而来，扑面清新。

桃花深处有仙境

　　"小桃枝上春风早,初试薄罗衣。"只有桃花开了,才显示春天真正的来临。"去年今日此门中,人面桃花相映红。"桃花之美,若佳人粉靥,惹人心动、迷恋。

　　面对桃之夭夭,人们感受着春天之美,却鲜知,桃在中国文化里,是仙气盈身呢。

　　"桃者,五木之精也,故压服邪气者也。桃木之精生在鬼门,制百鬼,故今作桃人梗着门以压邪,此仙木也。"原来,在中国民间,桃具有镇鬼辟邪的神秘力量。

　　《淮南子》有记:"羿死于桃棓"。东汉文字学家许慎注解:"棓,大杖,以桃木为之,以击杀羿,由是以来鬼畏桃也。"据说羿死后,做了鬼的领导。鬼的头儿都被桃木击杀,镇鬼辟邪自然不在话下。

　　古代神话中,夸父逐日干渴而死,就是化为桃林,可见桃之英勇。传说中的寿星老儿手中总是托着一只硕大的蟠桃,食之长生不老,可见桃之神奇。于是,桃枝桃叶桃花也便仙气缠绕了。

　　桃树成林,桃花成片,自然是"别有天地非人间",仙境也。于此,陶渊明的笔下才营造了一个世外桃源,才留下千古佳作《桃花源记》,而非什么杏花源记、菊花源记。诵读诗文,我们流连陶渊明那乌托邦式的理想社会,但我们更留恋的,是溪流尽处的那片桃林:"忽逢桃花林,夹岸数百步,中无杂树,芳草鲜美,落英缤纷。"如此美景,再庸俗的凡人盘桓其中,怕也要飘飘欲仙呢。

"溪上桃花无数,枝上有黄鹂。我欲穿花寻路,直入白云生处,浩气展虹霓。"后人写桃源仙境的,不知其数,洗脑般地将桃之仙味强化。桃花就这样不知不觉地在国人的审美情趣中成仙枝奇葩。

于是,金庸大师在他的"成人童话"武侠小说中,也安放了一个桃花岛,让人陡升神秘感,也心感浪漫。其实,遍布各地的桃花园桃花谷桃花山之类,无不是有意无意地借桃之仙奇的文化意蕴,吸引游人光临"仙境"。

"东风吹雨衣不湿,我在桃花深处行。"趁桃花正开,让我们寻一"灼灼其华"之佳地,领略品味一下一年一度在人间的仙境吧。

红杏出墙

"应怜屐齿印苍苔,小扣柴扉久不开。春色满园关不住,一枝红杏出墙来。"每读叶绍翁的这首《游园不值》,那一枝出墙的红杏就摇曳在眼前,胸中漾满春情。

可以寻诗想象那个千年前的场景。青衫宽袖的诗人去朋友家游园看花,敲了半天柴门,却没有人来开。诗人明知主人不在,却在心中风趣地想:朋友啊,你是怕我的鞋履踩坏园里刚长出的苍苔吗?有了这种幽默的想法,

诗人进而就写道：呵呵，朋友，你想关起门来独享春色，可满园春色是关不住的，你瞧，那一枝红杏已经伸出墙外来了。

这首诗篇幅虽短小，却先抑后扬，新意迭出。诗人急于想看到满园的春色却"柴扉久不开"，失望之余却见"红杏出墙"，不但给人以愉悦的视觉享受，且景中寓理，引发读者许多联想和启示：一切新生的美好的"春色"是关不住、禁锢不了的，"红杏"必然冲破束缚"出墙来"，宣告春天的来临。

游园不值，自然是扫兴的。但扫兴之余又得"红杏出墙"之惊喜，这应该是一种精神际遇。这样的精神游园比起现实的游园弥足珍贵。到底自然界更能体贴诗人的情趣，让一枝蓬勃的红杏在心理的波折和精神的体验中，迸发出生命的力度和启悟。

然而，这枝春意盎然、充满生命力的出墙红杏，却被赋予了风流的内涵，让人扼腕不平。

古诗文中，杏花、桃花等一直是春天的象征。但杏花似乎比桃花更得墨客骚人的赏识。因为"桃之夭夭"，过于艳丽，而杏花"道白非真白，言红不若红"的羞怯含蓄模样，自然会引发诸多遐想来。

传说，杨玉环马嵬坡缢死之后，李隆基念念不忘，派人去收敛遗骸。使者急急赶往马嵬坡下，却不见贵妃尸骨，只有杏花满坡。于是，杨玉环就被民间尊为杏花花神。你想，杏花和风情万种的杨贵妃勾连起来，还能脱得了"风流"的干系吗？于是，再读王安石的"独有杏花如唤客，倚墙斜日数枝红"。便有一种倚门卖笑的风尘味儿。

"一枝红杏出墙头，墙外行人正独愁。""一段好春藏不住，粉墙斜露杏花梢。"原来，红杏出墙，也并非叶绍翁老先生的首创，在他之前，早已是"红杏西楼树，过墙无数花。"只是没有一家的红杏比叶老先生的那枝有韵味、有意境、有境界。

墙是什么？是阻隔，也是吸引；是相望，也是牵挂。正是有了这堵墙，那出墙的红杏才顾盼生姿。也正是有了这堵墙，才有了含蓄的表达和热切的期盼。也正是有了墙和红杏的依托,才营造了中国古代"如捻青梅窥少俊,似骑红杏出墙头"的特别文化情境。

虞美人

五月,正是虞美人开始绽放的日子。那如绢似绸的花瓣儿真好似美人袅娜的裙袂,无风自摇,风动欲飞,风情万千。

虞美人花未开时,绒绒的花蕾垂悬在细长的茎头,宛如垂眉低首的羞怯少女,惹人怜爱。及至萼片脱落,艳丽的花朵脱颖而出,便仿若邻家有女初长成,一副情窦初开的模样。

虞美人是纤弱的,细长弯曲的花茎,让人有风吹欲折的担心。可实难想象,如此柔弱朴素的身姿,竟捧出这么艳丽的色彩。若遇大片盛开的虞美人,那营造出的热烈氛围,让你不由惊叹。

岂止是花美,单是"虞美人"这三个字,就让人浮想联翩。

"三军散尽旌旗倒,玉帐佳人坐中老,香魂夜逐剑光飞,轻血化为原上草。"首先让我们联想起的,一定是西楚霸王项羽的宠姬虞美人。据说虞美人的花名即由此而来。遥想当年,楚汉相争,项羽被困垓下,粮尽兵微,楚歌四面。虞姬泪别霸王,拔剑自刎,一腔热血喷洒,化为鲜艳的花朵。后人便将此花称为虞美人。

美人命薄,英雄末路。虞美人的故事广为流传。唐时,教坊有曲咏虞姬,

韵调优美,后将此调名为《虞美人》。用《虞美人》词牌作词的最著名句段,当属南唐后主李煜的。词曰:"春花秋月何时了,往事知多少?小楼昨夜又东风,故国不堪回首月明中。雕栏玉砌应犹在,只是朱颜改。问君能有几多愁?恰似一江春水向东流。"《虞美人》也是李煜的绝命词,宋太宗恨其"故国不堪回首月明中"之句而毒死了他。

北宋沈括的《梦溪笔谈》有记:"高邮桑宜舒,性知音,旧闻虞美人草,逢人作《虞美人曲》,枝叶皆动,他曲不然,试之如所传。详其曲,皆吴音也。"不论沈大人的记述是否确实,但花草有情有感,这是现代科学研究确定的。我宁愿相信虞美人花真是虞姬的化身,在那袅袅的乡音中,裙袂飞扬,魂归故里。

虞美人与罂粟花极为相似,故有田野罂粟之称。它虽不能制毒,却全身皆具毒性,误食可抑制中枢神经,重则危及生命。但用其入药,又有镇咳、止痛、停泻、催眠,及抗癌化瘤、延年益寿的功效。虞美人就像是一柄双刃剑,让人不免又联想起历史上那些江山美人的话题。

美丽多姿的虞美人,更多的是给我们观赏的价值。那或茕茕孑立的清纯秀丽,或三两相拥的错落有致,或满山遍野的浓烈绽放,都是一份别样的风采、一种别致的风情。

科学地考证,虞美人在很久以前就是田野上生长的一种杂草,在耕地周围广泛分布,缘于它的种子在泥土中可以休眠多年,单等土壤被翻耕时才发芽、生长、开花。第一次世界大战过后,因为土地被炮火深翻,遍受战争蹂躏的土地上开满了虞美人,于是,虞美人便成为这次战争的象征。

从古及今,正因为有了象征,这风中摇曳的虞美人才更具韵味,让人流连。

杜鹃声里诗意浓

"万壑树参天，千山响杜鹃。"春末夏初，山野葱茏。行走原野，时常会听到一声声拖长音调的"咯咕"鸟鸣，圆润、空蒙而悠扬。那是杜鹃鸟在鸣叫呢。

"田家望望惜雨干，布谷处处催春种。"杜鹃啼叫时，正是播种时节，而"咯咕咯咕"的鸟鸣极似"布谷布谷"，于是乡人把这种鸟称作布谷鸟。

李商隐在《锦瑟》诗中写道："庄生晓梦迷蝴蝶，望帝春心托杜鹃。"传说，望帝是古蜀国一开明的皇帝，名杜宇。他因鳖治水有功，便禅位与鳖。杜宇爱民心切，死后化作杜鹃，日日"布谷布谷，早种苞谷"地啼鸣，提醒人们不要误了农事。这大概就是杜鹃鸟得名的由来。杜甫也有诗曰："杜鹃暮春至，哀哀叫其间。我见常再拜，重是古帝魂。"

杜鹃口腔及舌部皆为红色，古人观察不仔细，以为它啼得满嘴流血，再联想杜宇的传说，杜鹃鸟便被一代代文人墨客最终定位于悲愁哀怨、纯真至诚的角色。于是有"其间旦暮闻何物，杜鹃啼血猿哀鸣"的苦吟，"可堪孤馆闭春寒，杜鹃声里斜阳暮"的孤独，和"从今别却江南路，化作啼鹃带血归"的坚贞。

由于杜鹃的"惯作悲啼"，多愁善感的文人们又将其"咯咕咯咕"的啼鸣谐音作"不如归去，不如归去"，这让离乡索居的人们平添了一份寄托和思乡之情。"等是有家归未得，杜鹃休向耳边啼。"在背井离乡的人那里，耳边是听不得杜鹃啼了。

万千鸟类中，杜鹃鸟实在谈不上美丽。它全身灰褐的羽毛，土头土脑的样子，真的是稀松平常。但正因为它的每一根羽毛上都写满了诗句，寻常之鸟便有了丰富的内涵，成了中国文化里一个特别的符号与象征。真个是"从来多唱杜鹃辞"，"心事谁知，杜鹃饶舌，自能分诉"。

记得小时候在乡下，常和小伙伴们循着"咯咕咯咕"的鸟鸣去寻找布谷鸟，往往是跑得腿酸脚痛浑身汗湿，那悠扬的叫声依然在远方。阳光下，麦浪似海，稻田安谧，天地空旷而深邃。于是，在我离开故乡的这么多年里，每在空蒙中听到"咯咕咯咕"的鸣叫，心中泛起的，不是"杜鹃啼诉芳心怨"，也不是"杜鹃更劝不如归"，而是那悠扬的鸟鸣下安详的村庄、宽袤的田野，它们的身影如此的清晰、亲切、清心。

"子规夜半犹啼血，不信东风唤不回。"对于我来说，还是比较喜欢这样积极的句子，充满了向上的力量。也喜欢"花在月明蝴蝶梦，雨馀山绿杜鹃啼"的描述，那"咯咕"的鸣叫分明让美妙的自然锦上添色。

"架犁架犁唤春农，布谷布谷督岁功。黄云压檐风日美，绿针插水雾雨蒙。"布谷声中，陆游笔下这样的乡村景色，还是最美。

开到荼蘼花事了

暮春的午后，斜倚床头，一杯花茶，一卷诗书，有一行没一行地读着诗句，闲散而慵懒。忽然翻到宋人王琪的《春暮游小园》，读到"开到荼蘼花事了，丝丝天棘出莓墙"句，似觉时光在平仄韵律中潺潺的流淌之音。

"开到茶蘼花事了"，最早接触此句是在《红楼梦》中。一个夜晚，宝玉在怡红院宴请群芳，为助酒兴，众人抽签行令，其中麝月抽到的一张花签，即是茶蘼，上题："韶华胜极"，而签背面就写着此诗句。

很长的时间里，误认为"茶蘼"是一种状态，带有一点颓废，一些沉迷，还有一丝浪漫。至读《红楼梦》才知，"茶蘼"是一个花名。"韶华胜极"自然是指花事到了尽头，春光将尽也。

茶蘼花属蔷薇科，花多白色，春末夏初开花。苏东坡有诗云："酴醾（茶蘼）不争春，寂寞开最晚。"于是自古以来，常有"谢了茶蘼春事休"之叹。

据说茶蘼即是佛教中的彼岸花。佛言："一切有为法，尽是因缘合和，缘起时起，缘尽还无，不外如是。"茶蘼是花季最后盛放的花，开到茶蘼花事了，便只剩下遗忘前生的彼岸花，万事皆了了。

看来，一枝茶蘼，在人的肉眼和佛的法眼里，都带有一丝伤感留恋。

其实，花开到极致，把最绚丽的身影昭示天地，以灿烂地绽放来结束一场花事，何尝不是一种积极的人生、乐观的态度？而繁盛之后的平淡，又何尝不是一个新的境界？

有关茶蘼的故事，最欣赏旧闻记载的"飞英会"："……前有茶蘼架，高广可容数十客，每春季，花繁盛时，宴客于其下。约曰：'有飞花堕酒中者，为余浮一大白。'或语笑喧哗之际，微风过之，则满座无遗者。""飞英会"的主人是北宋的翰林学士范镇，司马光的知己好友，这些在政治上叱咤风云的人物，生活中却是如此清雅风流。我想，站在当时一场大变革的风口浪尖上，他们的胸中一定有"开到茶蘼花事了"的人生态度吧。

茶蘼花开，也常被用来表示感情的终结。如亦舒的小说《开到茶蘼》，王菲的同名歌曲。人生在世谁无爱？当爱到茶蘼，一场刻骨铭心之情即将离去，有多少人心痛如揪，伤心落泪，难舍难弃？最后的美丽是最动人心魄的，爱已茶蘼，花事已了，回眸曾经的繁华，应感激多于惋惜，因为，毕竟曾经美丽、曾经灿烂过。

诗意人生
第四辑

"微风过处有清香,知是荼蘼隔短墙。"从一片纷乱的思绪中走出,掩卷轻啜,茶香入腑。抬眼窗外,虽不见"丝丝天棘出莓墙",却正是草木葱茏,樟槐飘香。春天正沿着绿色的纹脉,走向彻底,走向荼蘼。

绿竹入幽境

夏日午后,闭目背倚竹椅,音响里正播放施光南的《月光下的凤尾竹》,悠扬的葫芦丝婉转在耳边,眼前便渐渐幻化出万竿翠竹。想象那林中,正是月色如水,竹影婆娑,一缕凉意起自心头,暑热消遁。

住在城中的水泥森林里,竹是很难见到的。偶在一两处新建的小区内见到栽种的翠竹,立即就感到小区的品位。"十亩之宅,五亩之园,有水一池,有竹千竿。"这样的家园难道不是仙境?

爱竹成癖的苏东坡说:"宁可食无肉,不可居无竹。无肉令人瘦,无竹令人俗。人瘦尚可肥,士俗不可医。"我等本就俗人,自然不可比拟东坡先生之高雅,但"瞻彼淇奥,绿竹猗猗"的欣赏之心还是有的。

其实,在我居住的城中有一山,山中朝南的一面即有一大片竹林。上中学时,学校就在山坡下,这片竹林就成了我和同学们夏日里常去纳凉消遣的地方。少年时代,情窦初开,有不少同学就在竹上刻下心仪之人的名字,一抚心中夏天般的躁动。多少年过去了,那片竹林该是更加广茂,只是那少男少女之情怕如竹叶一般寒暑飘零,那竹上刻写的岁月恐也再难寻觅了。

依然记得，某个夏日，两个少年就躺在那片竹林里的草地上。竹林里微风送凉，竹叶上阳光跳跃，几只蚂蚁爬上微汗的手臂，遥远的蓝天白云飘荡。我想，若竹林有知，当会记得当时我们互诉的狂热梦想。只是，时光流转，友情远离，梦想渺茫。

"瞻彼淇奥，绿竹青青。有匪君子，充耳琇莹，会弁如星。"苍翠竹林，自古以来就是友情集聚的地方。如魏晋时代的"竹林七贤"，弃经典而尚老庄，蔑礼法而崇放达，常聚众在竹林纵酒放歌，肆意酣畅，放荡不羁，以"竹林笑傲"成为后世深厚友情之典故。

唐开元年间，李白移居东鲁，与山东名士孔巢父、裴政等六人在泰安徂徕山竹溪隐居，他们啸傲竹丛，举杯泉石，世称"竹溪六逸"。"昨宵梦里还，云弄竹溪月。"李白后来写下的此诗句，便是对这段友情的回忆。

"此地有崇山峻岭，茂林修竹。"东晋书法家王羲之也在某个暮春之日，聚众贤友于会稽山阴之兰亭，曲水流觞，畅叙幽情，性之所至，写出天下第一行书——《兰亭序》。

我想，这些竹下的佳话，或许都是借了竹的仙姿神韵，竹的素雅宁静，竹的疏淡俊秀，竹的刚直挺拔。

隐士贤达，在世人眼里，总是觉得有些狷狂而不可狎近。众人仰慕的，其实是竹下的那一种悠然自在的生活态度，一种理想而浪漫的生存方式。似我这样的俗人，在这炎炎夏日里遥想那碧玉万竿下的场景，无非是留恋于友情之苍翠，醉心于竹林之清幽。

郑板桥在他的《题画竹》中有句："馀家有茅屋二间。南面种竹。夏日新篁初放，绿荫照人。置一小榻其中，甚凉适也。"这样的闲适居所，在当今的都市已完全是一种奢望。像我此刻，虽置身竹榻，却无竹荫庇佑，只能在《月光下的凤尾竹》清幽的旋律里感受玉竹青青的凉适与惬意。

"独坐幽篁里，弹琴复长啸。深林人不知，明月来相照。"唐代诗人王维在历经安史之乱，饱尝尘世之苦后，抛弃功名利禄，隐居蓝田乡下，在竹林深处潜心修行，禅定彻悟，使心境归于淡泊回归自然。这样的境界，也不是我

等凡人可比可修。作为现代都市里的一介草根,但只求,在嚣嚣浮生里偷得半日闲,觅得一"绿竹入幽境,青萝拂行衣"之清凉夏日与心境也。

避暑纳凉古诗词

夏日炎炎,现代人以空调、风扇等方式来纳凉。而没有这些新鲜玩意儿的古人们,该是怎样熬过一个个赤日炎炎似火烧的日子的?翻阅前人留下的一些纳凉避暑诗句,一幅幅古人消夏的画面展现眼前,读来别有情趣。

"携扙来追柳外凉,画桥南畔倚胡床。月明船笛参差起,风定池莲自在香。"这是北宋秦观的一首《纳凉》,想必诗人经不住夏日屋中闷热,于是携杖河边柳荫下,斜倚在一张折叠椅上。正是月明风清,舟上笛音婉转,水湄莲香渺渺,如此美景,诗人心中的燥热该是立即消遁无踪了。

河畔水边,自然是古人避暑的好去处。炎炎夏日,若得一秦观的"画桥南畔"处纳凉,着实是享清福。写出"映日荷花别样红"的南宋诗人杨万里,自然也会在荷池流连纳凉。其在《暑热游荷在池上》写道:"细草摇头匆报侬,披襟拦得一西风。荷花入暮犹愁热,低面深藏碧伞中。"

岸上林翠,池中莲红,水澈风清,市声远离,如此夏日避暑圣境,何似成仙?于是,唐朝诗人刘禹锡也在《刘驸马水亭避暑》中描述:"千竿竹翠数莲红,水阁虚琼玉簟空。琥珀盏红疑漏酒,水晶帘莹更通风。"真是一个美轮美奂的避暑胜地啊。

林丛树下,也是古人纳凉之上佳地。在众多避暑诗作中,这类作品颇多。"晴明风日雨干时,草满花塔水满溪,童子柳荫眠正着,一牛吃过柳荫西。"诗中描写夏日雨后,一个牧童柳荫下酣睡避暑,一觉睡到日斜的情趣画面。

　　"独坐幽篁里,弹琴复长啸。深林人不知,明月来相照。"翠竹青青,古琴横陈,林深月明,且歌且吟。诗人王维在《竹里馆》里记下的竹林消暑浪漫画面,真是让人心旷神怡。

　　居住在市井,身边不是随处有水亭画舫,也是难得一回放足林深竹幽的。于是杨万里又在《夏夜追凉》里写道:"夜热依然午热同,开门小立月明中。竹深树密虫鸣处,时有微凉只是风。"可以想象,夜热难当,诗人怕也难以进入"小荷才露尖尖角"的心定境界,于是打开门,站到了月光下。这时,远处林丛传来一声声虫鸣,微风扑面,凉意顿生。这样的场面,当是写出了寻常人家酷夜寻凉之实景,极富生活气息。

　　避暑纳凉寻诗意,当是不愁衣食之人的雅兴,为生计奔波的普通百姓,怕是难得。清代的盐民诗人吴嘉纪在一首《绝句》中写道:"白头灶户低草房,六月煎盐烈火旁。走出门前炎热里,偷闲一刻是乘凉。"此诗描写了以煮盐为生的灶户们,只是从煎盐的烈火旁走到门前炎热里偷闲一刻,便是乘凉了。

　　骚客们的惬意避暑也罢,灶户们的热中偷闲也罢,真正的凉意,还在于心静,所谓"心静自然凉。"白居易便在《消暑》诗中写道:"何以消烦暑,端坐一院中。眼前无长物,窗下有清风。散热由心静,凉生为室空。此时身自保,难更与人同。"舍去欲望,摆正心态,气和心平,自然凉意渐生也。

　　"高树秋声早,长廊暑气微;不须何朔饮,煮茗自忘归。"闷热难当的夏日,只要心不急气不躁,一壶老茶即可品出清清凉意和诗意人生来啊。

　　一杯清茶,一卷诗书,细细品读古人的这些纳凉诗,景深,意美,心静,气朗,清爽之意徐徐而来,扑面清新。

蝉声里的诗意

　　炎炎夏日，独坐青藤攀缠的窗边，一杯清茶，一缕清风，听蝉声悦耳，不亦乐乎？想起唐代姚合《闲居》中的"过门无马迹，满宅上蝉声"，不免心中宛然。

　　翻阅诗书资料，知蝉之记载最早见之《诗经》。《豳风·七月》云："四月秀葽，五月鸣蜩"。蝉声看来自远古就是季候及农事的标志。《大雅·荡》有句："如蜩如螗，如沸如羹"。儒学师祖朱熹评注："蜩，螗，皆蝉也。如蝉鸣，如沸羹，皆乱人意。"然对蝉之鸣唱，却很少有人觉之聒噪，除非它叨扰了你的好梦。

　　庚寅年五月，台湾一代佛学宗师星云大师书法展在北京举行，为示尊敬与祝贺，齐白石再传弟子景浩以一幅水墨《五德之君——蝉》赠送。蝉之五德之誉，出自晋人陆云《寒蝉赋》："夫头上有緌，则其文也；含气饮露，则其清也；黍稷不食，则其廉也；处不巢居，则其俭也；应候有节，则其信也。"能集"文、清、廉、俭、信"五德于一身，无疑高尚之至。又因汉字"蝉"与"禅"谐音，以此寓星云大师真是再妥帖不过。

　　"虫之清洁，可贵惟蝉，潜蜕弃秽，饮露恒鲜。"这是晋代郭璞的《蝉赞》。诗句说出了蝉出尘不染，饮露餐风的品性。高枝独处，鸣声悠远，宿不居巢，唯露是餐。蝉的这种清高廉洁、孤高自傲的形象，自然成为中国古代文人士子吟赋讴歌的对象、高尚人格的化身。魏晋才子曹植便说蝉"实淡泊而寡欲兮,独始乐而长吟;声激激而弥厉兮,似贞士之介心。高枝而仰首兮,漱朝露之清流"。

一切景语皆情语。因备受压抑,自然深羡蝉之自由放声,故有:"日暮野风生,林蝉候节鸣。地幽吟不断,叶动噪群惊。"因怀才不遇,志行高洁,自然托物寓怀,故有:"本以高难饱,徒劳恨费声。五更疏欲断,一树碧无情。薄宦梗犹泛,故园芜已平。烦君最相警,我亦举家清。"至于"病蝉飞不得,向我掌中行。"更是充分体现了诗人沧桑阅尽,命途多舛,世态炎凉,伤感迷惘的心境。而深受重用,仕途风光的初唐虞世南,也借蝉表明自己的才负清高。其诗《咏蝉》:"垂绥饮清露,流响出疏桐,居高声自远,非是藉秋风。"成流传千古的警言绝句。

蝉,大自然中弱小的生命,因其生命、生性的特征,而被赋予了太多的关爱,未免过于沉重。"生随春冰薄,质与秋尘轻。端绥挹霄清,飞音承露清"。还是读这样的诗句来得轻松;"明月别枝惊鹊,清风半夜鸣蝉"还是赏这样的佳句清心;"蝉噪林愈静,鸟鸣山更幽"还是览这样的景致风情雅致。

掩卷品茗,窗外蝉声依然悠扬,想秋日渐近,正是"一声声断续,频报秋信"。

天凉好个诗意秋

"雨色秋来寒,风严清江爽。"秋天,像一位素衣白面的女子,总是踩着一场雨的韵脚,戴着她的水晶珠链,衣袂飘飘地来到我们身边。

秋雨簌簌消暑气，秋风习习送凉意。在酷热沉闷烦躁的日子里喘过气来，不免要道一声：天凉好个秋。

《说文解字》："秋，禾谷熟也。"秋天的原野，正是稻谷飘香、红硕满枝，洋溢在农人心头的，该是五谷丰登的喜悦吧。

然而，在文人骚客的眼中，秋却是一个悲怀的角色。一页页枯黄的纸叶上风冷霜寒，一个个方正的汉字间山瘦水削，"冷冷清清，凄凄惨惨戚戚"，行吟出那么多的伤感与哀怨。

"三杯两盏淡酒，怎敌他，晚来风急"是对旧时相识的思念；"故人万里无消息，便拟江头问断鸿"是对友情的怀想；"洛阳城里见秋风，欲作家书意万重"是对故园的牵挂；而"秋风秋雨愁煞人"更是对家国沉沦的哀叹！悲秋，好似是诗人间的一个传染病，其严重程度，远胜于 SARS 和甲型 H1N1 流感。悲秋之最，当属欧阳修之《秋声赋》："是谓天地之义气，常以肃杀而为心。"

秋字象形。甲骨文字形为蟋蟀形，虫以鸣秋，祖先借之以表述"秋天"。"蟋蟀独知秋令早，芭蕉下得雨声多。"秋虫呻吟，大地安谧，天高云淡，月色清朗。此何等美景，何凭多忧郁情怀？心境也。

虽"树树秋声，山山寒色"，但杨万里秋凉晚步时却道："秋气堪悲未必然，轻寒正是可人天。绿池落尽红蕖却，落叶犹开最小钱"，虽"秋风吹白波，秋雨鸣败荷。平湖三十里，过客感秋多"；但李商隐却寄怀"竹坞无尘水槛清，相思迢递隔重城。秋阴不散霜飞晚，留得枯荷听雨声"，虽"萧瑟兮草木摇落而变衰"；但苏轼却云："一年好景君须记，最是橙黄橘绿时"，虽是"月落乌啼霜满天，江枫渔火对愁眠"；但戎昱却言："秋宵月色胜春宵，万里霜天静寂寥"。最喜刘禹锡的《秋词》："自古逢秋悲寂寥，我言秋日胜春朝。晴空一鹤排云上，便引诗情到碧霄。"何等的昂扬向上，何等的豪迈情怀，何等的诗意人生。

"天上秋期近，人间月影清。"四季轮回，年年秋天，只是年年秋日心不同。秋，随人而变；秋，随境而迁。天上人间，只凭一缕情感，放飞那只叫秋的情感。

秋天万木凋零，因而，秋在心上是愁。真佩服古人的会意造字，如此的贴切而具超凡的想象力。其实，秋更是一个成熟和走向平静的季节，即便是身外黄叶飘飘，只要我们把"秋"从心上拿开，"觉人间，万事到秋来，都摇落。"

古人云"一切景语皆情语"，秋也使然。人人解说悲秋事，不知几人彻知秋。正如辛弃疾词曰："少年不识愁滋味，爱上层楼。爱上层楼，为赋新词强说愁。而今识尽愁滋味，欲说还休。欲说还休，却道天凉好个秋。"

好个秋，好个诗意的秋。

品读中秋月

"明月几时有，把酒问青天。不知天上宫阙，今夕是何年……"读苏东坡的这首《水调歌头》，耳边响起的是梅艳芳的歌声，那一袭白衣飘飘的舞姿，是此刻我心中那轮中秋圆月的幻影。

"江天一色无纤尘，皎皎空中孤月轮。江畔何人初见月？江月何年初照人？"一轮挂在中秋的明月，总是带给人无限的遐思。一样的圆月，不一样的情怀。在人生的不同时节，总会品出不同的况味来。

"少时不识月，呼作白玉盘。又疑瑶台镜，飞在青云端。"儿时的中秋月，是一只挂在天上的白玉盘，是一面悬在夜空的亮镜子，是一只喷喷香的大月饼，是外婆语调悠软的"月亮月亮巴巴，里面蹲个大大，大大出去买卖，里面

蹲个奶奶……"的有趣童谣。

情窦初开的日子，终于读懂了关于吴刚、关于嫦娥、关于桂树和玉兔的传说。不知一轮明月可读懂了，那些散落在草地山坡上一个少年清澈明亮的心事？那样诗意的夜晚，我们有过多少月光下的誓言。那些"月上柳梢头，人约黄昏后"的青春剪影，一直镌刻在永远不会老去的心中。清风徐来，暗香涌动，那花前月下分享手中的月饼和天上月色的年少情怀虽已随时光流逝，但那轮青春的圆月永恒清朗。

"人有悲欢离合，月有阴晴圆缺，此事古难全。"睹物思情，月的阴晴圆缺正喻合了人情世态，由此演绎出华夏文明的一个重要文化密码：思乡，团圆，和对美满生活的祈愿。

于是，在经历过年少的懵懂与纯真，青春的幻想与浪漫后，一颗蒙尘之心会在"举头望明月，低头思故乡"中读出太白先生跨越千年的乡思，会从"此生此夜不长好，明月明年何处看"中读出东坡居士对兄弟团圆的珍惜，会从"海上生明月，天涯共此时。情人怨遥夜，竟夕起相思"中读出张九龄对美好爱情的向往。

一轮圆月也隐含着生活的辩证。悲观的人生看到的是月圆之后的残缺，积极的人生看到的是我们永远走在一个个追求完美的路途。于是，有的人吟出"夜愁不能寐，揽衣起徘徊"，有的人唱出了"乘风好去，长空万里，直下看山河。"

年少时，曾在埂上河畔追逐那轮明月奔跑，长大后，才真正理解"月亮走我也走"这首歌谣的深刻含义，原来，那轮沧桑的圆月一直在追逐着我们的人生，流浪在苍茫的时空啊。真的是："古人不见今时月，今月曾经照古人。"

"时逢三五便团圆，满把晴光护玉栏。天上一轮才捧出，人间万姓仰头看。"中秋之夜，但愿从那轮万众仰目的古诗意里，我们读出的更多是"待月举杯，呼芳樽于绿净"，读出的更多是"平分秋色一轮满，长伴云衢千里明"。

残荷听雨

水,平复了躁动,也消减了几分碧色。一池的秋意,几枝残荷点缀其上,像一幅简约的水墨。

雨,如约而至,带着一丝凉意,似是给满湖的秋韵来做诗意的诠释。冷清的水面、凋败的荷叶、单调的雨声,这些肃杀残缺的元素和在一起,却演绎出自然的大美。

于是,在一千几百年前,一位诗人夜宿骆氏亭,面对残秋败荷,听雨思友,挥笔写下一首传世绝句:"竹坞无尘水槛清,相思迢递隔重城。秋阴不散霜飞晚,留得枯荷听雨声。"从此,"残荷听雨"便成为中国文人的一种精神体验,成为中国文化蕴含里一个不可或缺的意象。

有残缺,才显美的珍贵,如断臂的维纳斯。有残缺,才是真正的美,如人生。

回到那首诗,我们可以想象诗人当时的情形——修竹环抱,湖水清澄,诗人置身在那清幽雅致的骆氏亭,颇有远离尘嚣之感。诗人一直在思念着远隔重城的朋友,由于神驰天外竟没有留意天气的变化。不知不觉间,小雨淅沥而下,雨滴点点击打枯荷,发出错落有致的声响。

秋阴荷枯,本给人一种残败衰飒之感,却因了不期而至的雨的敲打,变的充满生机而别有一番情趣。诗人"听"到的,已不只是那凄楚的雨声。

枯荷秋雨的清韵,及其蕴含的人生况味,恐常人难解其味。

有人说,"残荷听雨"极为悲凉,有一种无奈中挣扎的味道。有人说,"残荷听雨"意味着对叶绿花红憧憬的终结,这种自觉的终结体验,是一种更加真切的精神体验。也有人说,"残荷听雨"是一种对往事的追忆,这一种残损氛围中的回忆,别具温情。

从李商隐的文字语码中走出来,在秋雨萧瑟的日子,寻一处残荷写意的池塘,闭上眼,静静倾听着雨打枯荷的声音。在那大珠小珠落玉盘的古曲神韵里品味,不想岁月冷瑟,不思时光肃杀,一种感悟便在心头油然而生,原来,残荷听雨的况味里也深藏着安逸平和的人生,这天籁之音,也是最平凡的声音。

别有莲塘一种秋

宋代大诗人杨万里有两首脍炙人口的咏莲诗:一句"小荷才露尖尖角,早有蜻蜓立上头",写出莲花初开时的清秀;一句"接天莲叶无穷碧,映日荷花别样红",写出莲花盛开时的艳丽。莲之美因了每个人的审美角度和心怀情境而有所取向,在我看来,赏莲当在清秋时。

"九月江南花事休,芙蓉宛转在中洲。美人笑隔盈盈水,落日还生渺渺愁。露洗玉盘金殿冷,风吹罗带锦城秋。相看未用伤迟暮,别有池塘一种幽。"读明江南四才子之一文徵明的诗,吟咏品味间,秋莲之风韵濯然眼前。

入秋，莲叶未萎，依然是接天无穷碧。虽荷花已稀，但仍有零星的几朵粉白点缀其间。浓烈的氛围自然营造不成了，但动人秋色何须多，在骚人墨客的眼中，自是一番情致。于是多情的李清照写道："红藕香残玉簟秋，轻解罗裳，独上兰舟。"更有痴情的女子，寄情于莲，在《西洲曲》中唱道："采莲南塘秋，莲花过人头。低头弄莲子，莲子清如水。"莲子乃"怜子"，寓意如许。

秋日莲塘，花虽稀零，但莲蓬已是结满池了。赏莲之时，若遇采莲的舟子，自是幸事。"藕田成片傍湖边，隐约花红点点连。三五小船撑将去，歌声嘹亮赋采莲。"此情此景，真正的入诗入画。若能登上一叶采莲的小舟，便可领略"江南可采莲，莲叶何田田，鱼戏莲叶间"之古韵景致了。

在舟头，或是塘边湖畔剥吃莲子，极具风味。秋风阵阵，莲叶摇曳，弥漫的空气里融和着莲叶的清香、水草的腥甜，伴着口中莲子的滋味，让人心醉。举首间，天高云淡，大雁南飞，远方水天相接，一片瓦蓝，胸襟便豁然开阔。

"乘月采芙蓉，夜夜得莲子。"读古人咏莲句，为月下采莲而心动，只是无缘欣赏到明月如霜、好风如水的无限清景。想那舟摇水动，荷影婆娑，纤手弄莲的风情，怕是久居城镇的人难得一见了。

即便是秋渐深，莲塘里墨绿渐显斑驳，在我眼里，也依然风情。虽然红色的蜻蜓、蓝色的水鸟像薄情的郎君一般，对残红失去挂念，但寂寥中的莲更显风骨，以残缺的美坚守着秋天。此时的莲塘更似一幅笔锋遒劲的水墨画卷，写意出人到仲秋的况味来。

"菡萏香销翠叶残，西风愁起绿波间。"这是秋在心上人的愁怀。虽然越来越残破的莲叶渐渐留不住晶莹的水珠，但秋雨击打枯莲所发出沙沙声，在积极的人生里何尝不是天籁之音？

"秋阴不散霜飞晚，留得残荷听雨声。"是情趣，也是生活态度。而"藕叶枯香折野泥"更是情怀。秋水之莲，别样的平仄韵味耐人品读。

菊,中国情境

　　万木霜天、百草凋零,正是"蕊寒香冷蝶难来"的时节,菊花开了。菊花以它的迎风傲放、独绽寒霜,成为萧萧之秋里最绚丽的色彩。

　　风动花曳,菊影婆娑。在那簇簇绽放和涌动的暗香之后,有多少身影越来越清晰地走到我们面前?

　　"朝饮木兰之垂露兮,夕餐秋菊之落英。"屈原,一位忧国忧民的士大夫在汨罗江边且行且吟,表达他不近污秽,不随俗流的高洁志向。"采菊东篱下,悠然见南山。"陶渊明,一位不为五斗米折腰的高雅志士,荷锄田园,种菊篱畔,以显其淡泊心境和高尚品性。

　　孤高自傲、高风亮节、不畏权势、甘于寂寞,是几千年来中国文人雅士标榜和推崇的情操。而菊花正因其不畏秋寒,傲霜绽放,甘寄荒野,守寂深山,与中国文人的高洁自好傲骨风范相契合,因而深受一代代文人墨客的喜爱。为此,历代文豪借菊寓古咏今,喻事拟人,绘景抒情,留下了无数美句佳篇。

　　"虽惭老圃秋容淡,且看黄花晚节香",借菊颂晚节;"宁可枝头抱香死,何曾吹落北风中",以花赞不屈;"数云更无君傲世,看来惟有我知音",用菊喻自洁;"开迟愈见凌霜操,堪笑儿童道过时",凭花道情操。

　　"菊,花之隐逸者也。"这是周敦颐《爱莲说》中的句子。中国文人大都寄情山水,神游八荒,即便位于士大夫之列,也是心之遁者,所谓大隐隐于市也。抛开政治立场，文人大都有一种"菊"之情怀，或说情愫。

看过许多以菊花为主题的绘画。窃以为，也只有中国画的写意手法，才能更好地表现菊花的神韵。写实的西画不仅给人感觉太艳丽，也让阅者失去了太多想象的空间，是难以表达菊之意境的。即便是印象派的技法，也实难在刮刀与水彩之间涂描菊之风骨。一管狼毫，一张宣纸，浅彩浓墨，三两涂抹，菊之风范跃然纸上，留白处，或篆或草，一两句韵脚，更添诗意的空间。

"东篱把酒黄昏后，有暗香盈袖。莫道不消魂，帘卷西风，人比黄花瘦。"这是宋代女词人李清照《醉花阴》里的句子。这样的意境，想油画水彩如何表达？据说，国外有人翻译此诗时，在"有暗香盈袖"前抓耳挠腮，最后只好翻成：有一袖子的花香，韵味意境顿无。至于"人比黄花瘦"，26个字母的组合就更无从表达。

汉语的语境，中国文人的情怀，加上菊的丰采，造就了菊之华章，光耀世人。就连豪杰鸷雄，甚至是九五之尊的天子，也为菊折服，为菊流连。

"阶兰凝暑霜，岸菊照晨光。露浓希晓笑，风劲浅残香。细叶抽轻翠，圆花簇嫩黄。还持今岁色，复结后年芳。"这是唐太宗李世民的赋菊诗，一代名君也在晨露微风中意悠情长。而黄巢的"待到秋来九月八，我花开后百花杀。冲天香阵透长安，满城尽戴黄金甲"，更是把菊花的清高孤傲推上豪气与霸气的王者位置。

西风平平仄仄，花语错错落落。在涌动的暗香里翻一翻菊花文字，兴味悠然。

"季秋之月，菊有黄花。"这是最早的写菊之句，见于春秋时代的《礼记·月令》。因而，菊花又有黄花之称。"春兰兮秋菊，长无绝兮终古。"这是我国最早的诗歌总集《诗经》中的咏菊句。一部《诗经》，岂可无菊影。"不是花中偏爱菊，此花开尽更无花。"元稹一语道出爱菊之因。"待到重阳日，还来就菊花。"孟浩然的诗句表达了诗人对菊花的爱与惦念。"岁岁重阳，今又重阳，战地黄花分外香。"一代伟人毛泽东也在战火纷飞的年代，以菊抒发一个无产阶级革命家面对岁月峥嵘时的乐观豪情。

有菊乃有诗,诗在菊之外。菊是秋天的格律,诗是菊中的韵味。菊与诗,共同营造了一个高雅高节傲然豪迈的中国情境。在这份中国情境里,多少心境在霜寒中对仗,多少感悟在缤纷中绽放?

人共菊花醉重阳

岁岁重阳,今又重阳。

据《周易》,六为阴数,九为阳数,农历九月初九,双阳重叠,是故重阳。

有人考证,重阳节的风俗可追溯到春秋战国,以证明其历史之悠久。

曹丕在《九日与钟繇书》中记:"岁往月来,忽复九月九日。九为阳数,而日月并应,倍嘉其名,以为宜于长久,故以享宴高会。"足见三国时期,已有重阳节之名。

重阳时节,正是秋高气爽,原野空旷,肃穆的大地之上,到处都是迎风摇曳的菊花。几千年来,登高赏菊成华夏之风俗。

遥想古人,一枝菊,一杯酒,一卷诗书,放足田园,登临山川,把酒临风,其喜洋洋者也,何等潇洒诗意情怀。

"重阳日,必以看酒登高远眺,为时宴之游赏,以畅秋志。酒必采茱萸、菊以泛之,即醉而归。"在"药王"孙思邈《千金方·月令》中的句子里,可以想象,隋唐时期,重阳登高赏菊已成风尚。

"菊花黄,黄种强;菊花香,黄种康;九月九,饮菊酒,人共菊花醉重阳。"

这是流传民间的一首歌谣。菊香酒醇,风清民纯,人菊共醉,真乃快意人生。

生活在现代都市里的人们,生活节奏好比"蹦迪",即便是"浮生偷得半日闲",恐怕也难得潇洒走一回。一份"秋了"的心情,多么渴望在大自然中做一次"放足"。

"心逐南云逝,形随北雁来。故乡篱下菊,今日几花开?"重阳日,站在林立的高楼间,还有多少人在吟诵这样的诗句?

与其在重阳之下悲秋乡愁,不如凭菊小酌,把一阕古韵品咏:"江涵秋影雁初飞,与客携壶上翠微。尘世难逢开口笑,菊花须插满头归。"

醉梦里,一枝菊,在重阳的高处,心灵的高处。

疏影横斜读梅诗

"荆楚岁时经尽,今年不见梅花。"虽已是岁末年初,阳台上的几株梅却依是只见一个个的小花蕾,仿佛青涩少女身胸,要等其身姿婀娜,怕还要再等一段时日。

"一晌凝情无语,手撚梅花何处。"心系梅香,索居的时光里,便寻些梅诗,坐到梅枝下来读,聊慰一份守望之切。

首先翻开的是白乐天的几首梅韵,其中的两首读来令人向往。

第一首,《和薛秀才寻梅花同饮见赠》:"忽惊林下发寒梅,便试花前饮冷杯。白马走迎诗客去,红筵铺待舞人来。歌声怨处微微落,酒气醺时旋旋

开。若到岁寒无雨雪,犹应醉得两三回。"诗人听到山中梅开,和一位姓薛的秀才一起骑马寻梅。梅林下,二人摆酒对饮,歌舞相伴。酒至酣处,梅花绽放,有花瓣随歌声飘落……

梅下饮酒,你和我唱,这是何等的潇洒与快意人生,浮生又能有几回这样的闲散适意?

于是,在来年梅开时,诗人又与诸友携酒去寻梅,只是友人中没有了去岁对梅同饮的薛秀才。睹景思情,诗人感慨良多,提笔再写《与诸客携酒寻去岁梅花有感》:"马上同携今日杯,湖边共觅去春梅。年年只是人空老,处处何曾花不开。诗思又牵吟咏发,酒酣闲唤管弦来。樽前百事皆依旧,点检唯无薛秀才。"

何止"唯无薛秀才",若是诗人生在当代,即便想找一个能同行寻梅的人,怕也难吧? 越来越快的生活节奏下,这种寻梅同饮的闲情雅致,现代人恐只能在平仄的古韵里领略了。

"不知梅格在,更看绿叶和青枝。"人有人格,物有物格,苏轼所道的梅格是什么呢? "墙角数枝梅,凌寒独自开。遥知不是雪,为有暗香来。"王安石的这首《咏梅》应是写出了梅花的品格,那就是凌风傲雪,高洁孤傲,坚忍不拔,铁骨冰心。几千年来,这种"梅格"被演绎为中华民族的精神与气节,使梅花上升到了任何一种花木都难以企及的高度。所以,连一代伟人也在梅花前驻足吟咏:"风雨送春归,飞雪迎春到,已是悬崖百丈冰,犹有花枝俏。俏也不争春,只把春来报。待到山花烂漫时,她在丛中笑。"

脱去象征的外衣,浩繁的梅诗里更多的是寓情。寓情,让梅更接近自然,更具品位。

"折梅逢驿使,寄于陇头人,江南无所有,聊赠一枝春。"这是的陆凯《荆州记》。陆凯与范晔交善,那年,江南梅开时正遇驿使,于是折梅一枝寄予范晔,其情当浓于梅香,想范晔收到此梅时该是如何的感动呢?

"老来方有思家泪,寄问梅花开也未。"这是思乡的诗句,诗人心中分明在喊:我那寂寞冷清、明月千里的故乡啊,此刻,你那村前庄后的梅花是否正在盛开啊。

而李清照的"一枝折得，人间天上，没有堪寄"，更是借一枝寒梅写尽了对长年离别的丈夫赵明诚的相思。那样一个纷乱的年代，纤弱的女诗人用"笛声三弄，梅心惊破"来形容自己的孤居与思念，又是多么的贴切。

当然，也有洒脱如林和靖的，隐居西湖，结庐孤山，终生不仕不娶，唯喜植梅养鹤，自谓"以梅为妻，以鹤为子"。其名诗《山园小梅》中的梅含波带情，引人入胜。诗云："众芳摇落独暄妍，占尽风情向小园。疏影横斜水清浅，暗香浮动月黄昏。霜禽欲下先偷眼，粉蝶如知合断魂。幸有微吟可相狎，不须檀板共金樽。"其中的"疏影"、"暗香"二词，成了后人填写梅词的调名，并成为咏梅的专有名词，可见此诗在咏梅作中的影响。

"明日断炊何暇问，且携鸦嘴种梅花。"爱梅如斯，我等为生计奔、与稻粱谋的凡夫俗子只能是羡之叹之，视若仙子了。

"冬向晚，梅花潜暖，随处香浮。"及至掩卷，已是日暮。抬头凝视身边的梅枝，花苞青春依然，却似有暗香盈动。心中快意地想：那平平仄仄的长短句，分明就是疏影横斜的梅枝儿，那或粉或淡的花骨朵，已在我的期盼里开过。

腊梅一枝花如玉

从野外归来，带回一枝腊梅，插于案上的净瓶中，立即暗香浮动，满屋温馨。

　　"腊梅"别称"腊木"、"香梅"、"黄梅"等,腊梅正确的读写应是蜡梅,是因为它的花型若梅,色黄如玉,表面似有一层蜡质。明朝的《花疏》中就记写:"蜡梅是寒花,绝品,人以腊月开,故以腊名,非也,为色正似黄蜡耳。"

　　腊梅非梅,属于腊梅科落叶灌木,而梅花属于蔷薇科,是一种落叶乔木。腊梅腊月开花,色黄香浓;梅花早春开花,红粉香淡。两者在属类、花期、花色、花香上皆有区别。许多人将腊梅认作梅的一种,是为误也。宋代王十朋的《腊梅》诗就写道:"非蜡复非梅,梅将蜡染腮。游蜂见还讶,疑自蜜中来。"

　　古往今来,咏梅的诗词不计其数。所谓"墙角数枝梅,凌寒独自开",早春才发的梅花在世人的眼中成了傲雪斗霜、不畏苦寒的形象代表,而真正开在风雪霜天中的腊梅反少有人吟颂,窃为之不平。

　　是腊梅的色彩没有梅花的艳丽吗? 若如此,倒更显腊梅的品质,如同那些隐忍苦难、却默默奉献的人们,令人钦佩。

　　记得一次去山里,正是大雪纷飞。一个人缩着脖子亦步亦趋地行走在崎岖的山路上,放眼四野,一片苍茫。风卷起的雪雾在山梁上弥漫,枯草和败枝在风雪中颤抖。身体备感寒冷,心中陡升孤独。就在这时,一丛金黄突然跃入眼帘,在白皑的天地间特别的醒目。原来,是坡畔一树腊梅正傲雪怒放,那满枝的花骨朵儿仿佛一颗颗小小的火焰,猝然在我的胸中燃起温暖。我折下一枝插于胸前,一路在那暖暖的香气陪伴下,走完了那段雪舞冰封的山路。

　　生在偏野僻壤,开在天寒地冻,或许是其少为人诵的另一个原因吧? 后来读到杨万里的《腊梅》诗,立即想到那次雪野之行,深为喜爱。诗曰:"天向梅梢别出奇,国香未许世人知。殷勤滴蜡缄封却,偷被霜风拆一枝。"

　　腊梅虽是灌木,不知何因,却极少见林栽群植,不似梅花,到处是梅林花海,早春二月绽放时,林下游人如织。或许,玉质般的腊梅就是寂寞的花儿,专为温润孤冷的日子而来,庭外院内窗前案头偶养一株,便足使枯季寒冬添香增色。

　　"色轻花更艳,体弱香自永。玉质金作裳,山明风弄影。"朔冬腊月,有一枝腊梅做伴,美何以堪,幸何以甚?

赏虫

"秋天高高秋光清,秋风袅袅秋虫鸣。"秋日虫鸣,是大自然的一曲天籁,那或清脆悦耳,或轻柔悠扬的鸣唱,让人赏心悦性,涤虑澄怀。

秋日鸣虫种类很多,最惹人喜爱的,当是蟋蟀、蝈蝈、油葫芦,三者被并称为中国"三大鸣虫"。

三大鸣虫中,蝈蝈的鸣唱特别清亮婉转,抑扬顿挫。人们喜欢把捉到的蝈蝈关在用竹皮儿或高粱篾编结的小笼中,挂在窗前檐下或藤架下,一边聆听它好似不知疲倦的歌唱,一边观赏它那翠绿的衣冠以及用前爪梳头洗脸的有趣动作。

蝈蝈有一对修长健美的后腿,极善弹跳。幼时,在山坡草地听到蝈蝈的歌声循迹而去,往往还未伸出小手,察觉动静的蝈蝈已止声敛息,撑起双腿一跃,便飞落到远方。等风平声静,它又在另一丛草叶间唱响秋天。

电影《末代皇帝》中有这样一个情节让我记忆尤深:1908 年,宣统登基大典,年仅三岁的他在万岁万万岁的高呼中茫茫然,竟在群臣中跑来跑去。当他发现了爬附在一大臣官袍上的蝈蝈时,一下子露出天真的笑容。他就将那只相伴寂寞的蝈蝈藏在了金銮殿的龙椅下面。五十九年后,身着中山装已是平民身份的宣统,又出现在故宫,为了向红卫兵们证明自己曾是这里的主人,他从金銮椅下掏出了那只落满尘埃的蝈蝈笼子。令人惊奇的是,几

139

十年沧桑巨变，笼子里依然有一只蝈蝈，并振翅鸣叫。虽然这是艺术家的神来之笔，但此蝈蝈已非彼蝈蝈，令人感慨万千。

秋天的另一歌唱天才油葫芦，模样很像蟋蟀，普通人一般难分清。记得小时候捉油葫芦，也仅从它或"句——油、油、油"，或"叽、叽、叽"的叫声来区别。年少时，油葫芦捕捉到的很少。或许是物以稀为贵，据说，古时候，能怀中揣着一个做工考究的葫芦，里面有只鸣叫的油葫芦，往往是身份高贵的象征呢。

最受大众喜爱的秋虫当然是蟋蟀。蟋蟀不但鸣声婉转动听，且勇武善斗，相对于蝈蝈、油葫芦也易寻觅捕捉，有"天下第一虫"的号称。蟋蟀俗称蛐蛐，古时也叫促织。记得少时读蒲松龄的《促织》，开篇即为："宣德间，宫中尚促织之戏，岁征民间。"由此可见明清之时好此戏之盛。

据《开元天宝遗事》记载，唐时，"每至秋时，宫中妃姜辈皆以小金笼提储蟋蟀，闭于笼中，置之枕函畔，夜听其声，庶民之家皆效之也"。中国赏玩蟋蟀之风，也可见其源远流长。

已故现代学者、大玩家王世襄，在追忆旧京寒日养虫家在茶馆聚会的盛景时，有这样的描述："解衣入座，自怀中取出葫芦置面前。老于此道者葫芦初放稳，虫已鼓翅，不疾不徐，声声入耳，有顷，鸣稍缓，更入怀以煦之。待取出，又鸣如初。如是数遭，直至散去。盖人之冷暖与虫之冷暖，已化为一，可谓真正之人与虫化。庄周化蝶，不过栩栩一梦，岂能专美于前耶！"读来真宛若置身，令人心生好奇而羡叹。

秋虫中，最有文化韵味的也为蟋蟀。《诗经》中有"八月在宇，九月在户，十月蟋蟀入我床下"之句，此时的蟋蟀是感时应候的歌者。而在《国风·蟋蟀》一诗中，"蟋蟀在堂，岁聿其逝"的复沓吟唱，分明是在感叹岁月的流逝了。

"切切暗窗下，嘤嘤深草里。"秋虫之音可以说是秋天的一个标识。而听秋虫呢哝，在特定的情绪和背景下，已不再是简单的自然现象，而被赋予了丰富的隐喻意味与和文化象征。

入秋,天渐寒,对于小小的鸣虫,生命也将走到尽头,其鸣极易让多愁善感的文人骚客触景生情。于是,思乡、怀旧、留恋、哀怨成为秋虫之音里的重要命题。在凄清萧索的心境下,多的是"促织甚微细,哀音何动人"的叹息,概因悲秋者自此生兴,正所谓:"逆旅愁听,鸣蛩四壁;欲解寒衣,萧然泪滴。"

"鹤警人初静,虫吟夜更幽。"其实,秋日赏虫,更多的是一种生活态度。所谓"听其鸣,可以忘倦;观其斗,可以怡情",当是玩虫的最高境界。

稍有点年纪的人,在其少时无不有捕捉秋虫之经历,也无不享受过秋音啾啾入耳之天籁。然而,越来越城市化的生活让我们越来越远离泥土乡野,喧嚣的市声掩盖了呢浓秋音,那草叶间小小的精灵在满目钢筋水泥的城堡中已是难觅身影。

秋日赏虫,恐不单单是古人所云的"闲人之韵事",我想,它多少也折射出现代人渴望返璞归真的意趣与情怀吧。

诗意人生
第四辑